I0611254

Watar

Jean-Claude Roullier

Watar

Le Mono

Du même auteur

Aux planètes
2015, Editions ThoT

Moco
2013, Editions ThoT

Les Jardins d'Eurysmée
2011, Editions Velours

©Editions le Mono

ISBN : 978-2-36659-442-3
EAN : 9782366594423

« Selon que vous serez puissants ou misérables…»

- *Jean de la Fontaine*

Prologue

Jaffar

L'émir savourait sa victoire.

Du haut du dernier étage de la tour Al Watarite, le panorama sur le golfe arabo-persique était époustouflant. Quelques boutres écrasés de soleil dansaient près de la côte, sur une eau lumineuse et étincelante, rendus plus minuscules encore par le flux qu'on eût dit continu des supertankers se croisant et se recroisant au large du port. Ba'adek, la capitale de l'émirat étalait ses larges avenues et ses impressionnants buildings de verre et d'acier au pied de la tour la plus haute du monde dont le dernier étage réservé au Cheikh Jaffar Ibn Hamid Al Banim, émir du Watar, lui permettait de recevoir une après-midi par semaine les doléances de ses riches sujets.

Le vent de sable qui soufflait en tempête depuis plusieurs jours s'était subitement arrêté quelques heures auparavant, autorisant la reprise du trafic maritime et aérien, comme pour marquer l'importance de l'événement.

Le Watar venait d'être officiellement désigné par Heinrich Blazer, l'omnipotent président de la fédération internationale, pays organisateur de la troisième édition de la coupe du monde de soccerball, le nouveau sport roi de la planète qui avait relégué en quelques années, à la stupéfaction générale, le football au rang des curiosités historiques.

C'est le prince héritier en personne, Abdallah, chef de la délégation watarie, qui l'avait annoncé de Bruxelles, siège de la fédération internationale, à l'émir, son père.

« Ce bon Blazer a décidément bien fait les choses ! » pensa Jaffar, sans d'ailleurs que cela ne coûte bien cher, à peine cent cinquante petits millions de dollars dispensés en commissions occultes et autres bakchich aux membres de la commission de désignation, autant dire une paille dans la meule de foin des pétrodollars accumulés depuis la fin des années 1950 et le début de l'exploitation des abondantes ressources naturelles du pays, première réserve gazière, troisième pétrolière de la planète.

A soixante-huit ans, l'émir Jaffar, géant barbu, placide et quelque peu rondouillard, au quintal mal réparti sur son mètre quatre-vingt-cinq, accédait ainsi à la véritable reconnaissance internationale, couronnant tous ses efforts pour faire du Watar une monarchie islamique modérée et démocratique, respectée par la communauté des nations.

Pendant la compétition de l'été 2034, trois milliards de téléspectateurs darderaient tous leurs regards sur le Watar découvrant ainsi un pays moderne, ayant réussi à concilier progrès et traditions, fier de ses racines, de sa culture et de sa religion d'état ouverte et tolérante.

L'émirat avait été désigné, somme toute assez facilement, par le comité ad hoc de la fédération de soccerball par quinze voix contre sept au second tour de scrutin, devançant ainsi largement les Etats-Unis, l'Australie, la Chine et le Japon.

Une consécration mondiale et un label de respectabilité !

Maintenant, il allait falloir mettre tout cela en musique, faire en sorte que le Watar soit salué à la fin de sa coupe du monde comme le plus prestigieux des pays organisateurs de la compétition, lointaine héritière de celle créée en Uruguay par Jules Rimet en 1930 dans une indifférence quasi générale.

Douze stades climatisés et couverts, l'agrandissement de l'aéroport international de Ba'adek, une nouvelle ligne de métro, quelques centaines de kilomètres d'autoroutes supplémentaires, une île artificielle où serait implanté le stade de cent mille places, hôte de la finale du seize juillet 2034, à quelques encablures à peine de la capitale, et le pont pour l'y relier, tels seraient les principaux projets à conduire en une petite douzaine d'années.

Cela ne faisait pas peur à Jaffar. Il en avait vu bien d'autres. La manne gazière et pétrolière de l'émirat permettrait, comme toujours, de tout financer.

Les audiences de l'après-midi se terminaient.

Jaffar, heureux, annula toutes les dettes du dernier de ses sujets reçus en audience privée, et lui conseilla de créer une nouvelle entreprise de construction spécialisée en ingénierie des grands travaux publics.

Première Partie

« Parlez-moi d'amour, redites-moi des choses tendres. Votre beau discours, mon cœur n'est pas las de l'entendre. »

Refrain de la chanson créée en 1930 par Mademoiselle Lucienne Boyer. Paroles et musique de Jean Lenoir.

Chapitre 1 : Judith

Le siège social de Léonardi était posé au confluent de la Seine et de la Marne, là où jadis s'était élevé Chinagora, immense complexe touristique, commercial et hôtelier, un temps propriété de la Chine aux époques anciennes où celle-ci, encore communiste, entamait son long chemin d'adhésion au capitalisme mondial.

Judith entra d'un pas alerte et décidé dans le vaste hall de l'élégant immeuble d'acier, de béton et de verre, en haut duquel s'étalait en énormes lettres le slogan fédérateur du groupe.

« Avec Léonardi, rebâtissez le monde ! ».

Ce n'était pas tous les jours qu'elle avait rendez-vous avec le Directeur des Opérations, le sémillant, brillant, au demeurant charmant, quoiqu'un brin collant, Walter Bronson.

Belle jeune femme fine, brune et élancée, Judith, ingénieur organisation et méthodes, avait déjà, à vingt-huit ans, pas mal bourlingué au gré des chantiers successifs auxquels elle avait participé pour le compte de Léonardi ; d'abord en Grèce, pour la construction d'un pont reliant deux îles proches du Péloponnèse, véritable féerie aérienne suspendue au-dessus des flots bleus de la mer Ionienne ; puis en Afrique du Sud, pour l'édification à Johannesburg de l'imposant centre culturel Nelson Mandela - Frédérik de Clerck; en Chine enfin, dans la province du Chinchuan, au pied des contreforts himalayens, pour les travaux d'infrastructures de la plus grande centrale nucléaire jamais construite à ce jour, véritable temple d'industrie et de technologie dédié au dieu chinois de la croissance économique, celui qui engloutissait chaque jour encore un peu plus d'énergie qu'il n'en avait dévoré la veille.

Après chaque chantier, sa mission terminée, Judith rentrait, au bout de huit à dix mois à Alfortbourg, tranquille commune du Val de Marne, à huit kilomètres à peine de la capitale où elle pouvait contempler, perplexe, le petit château qu'était devenu au fil des ans l'hôtel de ville financé par la copieuse taxe professionnelle versée à la municipalité par Léonardi. Le député-maire, Michel Berhillon, ancien premier ministre, restait le plus fervent défenseur à l'assemblée nationale du groupe mondial de travaux publics, où il ne manquait jamais, en tant que président de la commission des affaires économiques et sociales, de saluer l'un des plus beaux fleurons de l'économie française, « peut-être même le plus beau ! » s'exaltait-il parfois, lyrique, « parfaite expression du génie technologique si singulier de notre nation ! ».

Un lobbyiste de premier plan ce Berhillon dont la ténacité et l'opiniâtreté faisaient les délices du

PDG du groupe Ferdinand de Leusse, ancien polytechnicien, ancien énarque, ancien tout plein de choses, qui ne ratait jamais une occasion de le lui faire savoir par des invitations en France et à l'étranger plus prestigieuses les unes que les autres, l'entourant d'une attention de tous les instants, « celle revenant de droit à notre plus fidèle et zélé propagandiste ! », se plaisait-il souvent à répéter à son directeur de la communication.

Cette fois-ci, apparemment, ce serait une ligne de métro ou de tramway, d'après ce qu'Angèle la secrétaire de Walter avait dit à Judith au téléphone. C'était pour ça que Bronson l'avait convoquée en cette fin de journée. Judith salua Angèle, toujours aussi pimpante, blonde platine de magazine, mais aussi et surtout remarquable assistante de direction dont les qualités professionnelles n'avaient rien à envier, loin s'en fallait, à l'irréprochable plastique. Judith n'eut pas à attendre très longtemps au secrétariat.

Walter vint la chercher et s'effaça avec gourmandise devant elle pour la laisser pénétrer dans son vaste bureau, non sans avoir discrètement admiré au passage les courbes voluptueuses dessinées par ses hanches et l'élégance d'une démarche portée par d'admirables jambes longues, fines et bronzées.

« Les jambes des femmes sont assurément les compas qui dessinent le monde » avait dit un cinéaste dont le nom échappait pour le moment à Walter, et c'est vrai que les jambes de Judith avaient des allures de nouveau monde dont il se serait volontiers fait l'explorateur. Elle avait toujours refusé ses avances, mais Walter Bronson n'était pas homme à renoncer. Il attendrait patient qu'elle se décidât, car elle se déciderait bien un jour ou l'autre ; il en était intimement persuadé.

« Qui pouvait d'ailleurs bien résister à Walter Bronson ? » se disait-il par un étrange quoique fréquent dédoublement de la personnalité, se prenant à parler de lui-même à la troisième personne. En y réfléchissant bien, franchement, il ne voyait pas ce qui pouvait la retenir. C'est bien simple, il avait tout, surdiplômé d'Oxford et d'Harvard, la quarantaine rayonnante et sportive, déjà cadre dirigeant d'un des plus importants groupes mondiaux, sans enfant, même pas marié, pas même divorcé, traînant une réputation de Casanova, qui à un moment ou à un autre les attirait toutes, enfin toutes celles qui lui plaisaient. Argent, gloire, humour, culture, beauté, Judith, comme toutes les autres, craquerait à un moment ou à un autre, transformant cette sensualité si retenue qui ajoutait tant à son charme en un déferlement de lascivité qui ne demandait, il en était persuadé, qu'à exploser.

C'était évident ; c'était écrit.

« Alors Judith, vous n'êtes toujours pas amoureuse de moi ? » lui dit-il, la priant de s'asseoir dans l'un des profonds fauteuils de cuir noir qui entouraient la petite table basse.

« J'ai bien peur que non, Walter ! » lui souria-t-elle. « Mais ce n'est pas pour me draguer une nouvelle fois que vous m'avez fait venir, je suppose ? »

« Non, bien sûr, ma chère et croyez bien que je le regrette ! Connaissez-vous le Watar ? »

« Pas du tout !? »

« Le Watar, belle et naïve enfant, est un minuscule émirat du golfe persique qui vient de décrocher la coupe du monde de soccerball 2034, celle de dans huit ans ; et l'émir Jaffar Al Banim, chef de l'état, chef des armées et commandeur des croyants, a un métro à construire ; il nous en a confié la réalisation, ce qui est normal puisque nous sommes les meilleurs. Vous me voyez venir ! »

« Je commence à comprendre »

« Je vous envoie là-bas Judith. Vous rejoindrez sur place, dans la capitale Ba'adek, notre équipe dirigée par Beauclair. Ils ont besoin de vous. Ne vous en faites pas Ba'adek, ce n'est pas un caravansérail planté au beau milieu du désert, c'est une ville tout ce qu'il y a de plus moderne, une espèce de New York miniature transporté au bord de la péninsule arabo-persique. Les wataris sont d'ailleurs les habitants les plus riches de la planète, avec près de cent cinquante mille dollars de revenu annuel par tête, ce qui n'est pas rien. Comme disait Long Long John, mon arrière-grand-père irlandais, dès qu'il touchait chaque année ses dividendes : « Mazette, Walter, mon gamin, ça ne se trouve pas sous les pieds d'un cheval une somme pareille ! ». Tout cet argent, il faut bien qu'ils puissent le dépenser quelque part nos braves wataris et à Ba'adek justement, vous verrez Judith, ce ne sont pas les centres commerciaux et magasins qui manquent, pour la plupart des enseignes européennes et américaines d'ailleurs, complétés d'un nombre incalculable de boutiques de luxe où l'on retrouve aux portes du désert toutes les grandes signatures mondiales de la mode, du design, de la parfumerie et de la joaillerie ! Et puis, pour tout vous dire, je connais personnellement le prince héritier, ce brave Abdallah Al Banim, on était ensemble dans la même promo à Oxford ! J'ai fini major, et lui deuxième, juste derrière moi, je crois qu'il ne s'en est pas encore tout à fait remis ce brave Baninou ! Ne vous inquiétez pas Judith, au Watar, je peux vous le garantir, vous serez très bien accueillie ! »

Ce serait donc le Watar.

Judith décida de rentrer à pied par les quais longeant la Marne.

Alfortbourg en ce début de printemps ensoleillé prenait des allures de sous-préfecture de province endormie, seulement perturbée par la transhumance biquotidienne des cadres, ingénieurs et autres professions libérales et supérieures, composant l'essentiel de sa population. Après avoir fait raser quelques années auparavant la seule cité de sa commune, Les Planètes, pour y faire reconstruire par Léonardi, immeubles et résidences de standing, Berhillon avait abandonné, conforté par l'inexorable flambée des prix de l'immobilier, toutes velléités de mixité sociale, si tant est qu'il ait pu en concevoir un jour l'idée. Au moins comme ça, il ne prenait pas le risque d'une explosion sociale ou d'une révolte électorale sur fond de chômage, de trafic de drogue ou de règlement de comptes entre gangs rivaux. La ville, comme la circonscription législative, restait ainsi du fait même de sa population, solidement ancrée à droite et Berhillon, sans rival politique crédible, arc-bouté à ses prérogatives de député-maire, qui en faisait sur son territoire un véritable petit empereur républicain.

Quelques barges remontaient nonchalamment le cours de la Marne, transportant leurs cargaisons de céréales, bois et oléagineux en direction de la capitale. Une bonne dizaine de péniches accostées le long des rives, la plupart de façon définitive, reconverties en appartements flottants, faisaient le bonheur de couples bobos à fort revenu et idées progressistes, venus chercher à quelques kilomètres à peine de Paris, le dépaysement d'une demeure sereinement ballottée par une onde toujours paisible ; un bateau sans les risques d'aucune traversée, d'aucun récif et d'aucune tempête, ma foi, que demander de plus à quelques minutes de la jungle urbaine ?

Mais Judith voulait beaucoup plus que cela, beaucoup plus que ce petit rêve étriqué de mariniers sédentaires ne partant jamais nulle part ailleurs qu'à l'étranger en clubs de vacances ou en hôtels de luxe, s'interdisant à tout jamais de comprendre quoi que ce soit du pays dans lequel ils passaient leurs quelques semaines de congés annuels bien mérités. C'est vrai qu'après la Grèce ionienne, le sud de l'Afrique et l'Extrême Orient chinois, un séjour dans la péninsule arabique avait un je-ne-sais-quoi d'excitant où s'entremêlaient et s'entrecroisaient délicieusement dans sa tête, contes des mille et une nuits, princes du désert et monarchies d'un autre temps ; de quoi séduire l'âme d'aventurière contrariée que Judith cultivait depuis sa plus tendre enfance, prête à marcher sans hésitation sur les traces légendaires de Peter O'Toole dans les déserts infinis de l'Arabie éternelle. Et puis, ce serait sans doute l'occasion d'aller voir, l'espérait-elle, même voilée, s'il le fallait, la Ka'aba, la pierre noire de La Mecque, curiosité archéologique bien antérieure d'ailleurs au prophète Mahomet qui dans un syncrétisme bienvenu et de bon aloi l'avait intégrée à l'Islam comme l'objet de culte qu'elle était déjà.

Alfortbourg, c'était bien gentil ; c'est là que ses parents habitaient, le rabbin Jules Eisenberg et sa pétillante épouse Rachel ; c'est là qu'elle avait grandi, fille unique choyée, entourée d'un amour si grand qu'il en devenait parfois étouffant ; c'est là aussi qu'elle habitait, mais point trop n'en fallait ; au bout de trois semaines, elle s'y ennuyait déjà ferme dans sa petite ville de banlieue cossue et étriquée, avec ses pimpantes péniches multicolores des bords de Marne et ce ridicule petit Versailles alfortbourgeois qu'avait composé un Berhillon, soudain épris par on ne sait quelle folie, d'une grandeur rien moins que monarchique.

Dans quarante huit heures, elle serait loin et cela lui allait très bien comme ça.

Elle accéléra le pas.

Bronson bavard avait déployé devant elle, ses trésors de séduction habituels qu'une fois encore elle avait su élégamment repousser, mais bien sûr tout cela lui avait pris un peu de temps. Elle dînait ce soir chez ses parents, elle ne voulait surtout pas être en retard, se faisant déjà un régal des yeux exorbités du bon rabbin et surtout de sa mère Rachel quand elle leur annoncerait, une moue rieuse accrochée aux lèvres, son départ pour une lointaine terre d'Islam.

Elle allait passer un bien agréable moment …

***

Le rabbin Eisenberg ne s'occupait que du Livre.

Sa religion ancrée dans une conviction profonde et sincère occultait tout. Il n'avait jamais le temps de parler de ces choses accessoires, domestiques et secondaires qui permettaient pourtant à son foyer de fonctionner. Courant sans cesse à droite, à gauche, mettant toute sa foi talmudique mâtinée, il est vrai, d'une incontestable ouverture d'esprit, au service de ses prochains, il restait le plus fréquemment d'une indifférence souveraine à l'égard de toutes ces préoccupations laïques, futiles et matérielles de l'existence, dont le soin exclusif revenait à son épouse Rachel, secondée pour les choses d'un peu plus d'importance, par leur fille unique Judith, évidemment quand celle-ci n'était pas en déplacement, injoignable, à l'autre bout de la planète.

Au domicile familial, c'est donc Rachel qui régentait (presque) tout, par délégation explicite du rabbin Jules. Profondément religieuse elle aussi, la tenue de sa maison, en l'absence de quelqu'aide que ce soit à attendre de la part de son époux, exclusivement dévoué en ce bas monde au salut de ses ouailles, l'avait profondément arrimée à une réalité tout autre, bien plus terre à terre.

Elle s'en était d'ailleurs remarquablement bien tirée.

Les brillantes études de Judith et le poste de responsabilité rapidement décroché à Léonardi en témoignaient d'éclatante façon, constituant pour Rachel une légitime source de fierté, non dénuée toutefois d'une certaine dose de vanité quand elle l'exprimait auprès de ses amies et connaissances aussi nombreuses et fidèles que bavardes, énumérant en creux sous le mode un tantinet rébarbatif de la litanie des sacrifices auxquels elle avait su de bonne grâce consentir, les rôles successifs, décisifs et majeurs qu'il lui semblait avoir joués dans l'atteinte des si remarquables performances scolaires, universitaires puis professionnelles de sa fille chérie, rôles multiples dont l'énumération pouvait varier d'ailleurs au gré des interlocuteurs et des époques, mais dans lesquels toutefois, le temps passant, celui de mère protectrice et nourricière n'apparaissait plus dans son esprit comme de prime abord le plus important.

Tout aurait été sans doute pour le mieux dans le meilleur des mondes, si cela n'avait été au grand désespoir de son mari et d'elle-même, l'éloignement progressif et définitif de leur fille de la foi de ses ancêtres, Judith ayant dépouillé de tout artifice religieux un attachement à une judéité qui, si elle ne la portait pas en bandoulière, n'en restait pas moins bien réel. Judith ne se considérait pas comme une juive française mais bien plutôt comme une française d'origine juive, et cela changeait tout.

Attachée à la laïcité, respectueuse des croyances et des pratiques de chacun, elle était viscéralement convaincue de la nécessité d'une stricte séparation entre ce qui relève de la sphère privée et ce qui s'attache à la sphère publique, lieu du vivre ensemble. Le communautarisme lui hérissait le poil, philosophie politique conduisant au final, selon elle, plus à l'exclusion et à la séparation qu'à la réunion et à la communion des cultures, des civilisations et des âmes. Juive, néanmoins, Judith le restait mais pas pour des raisons de religion ou de communauté, plus simplement comme l'expression d'une fidélité sans faille à une histoire tragique et à cette fantastique capacité de résilience d'un peuple si longtemps sans territoire dont l'humour acéré, désabusé, volontiers pessimiste, y compris sur lui-même, lui avait permis de résister et de survivre là où comme bien d'autres peuples avant lui, il aurait dû disparaître dans les tourments de l'histoire.

La sonnette interrompit Rachel dans le cours de ses multiples pensées.

Cela ne pouvait être que Judith.

« Et Jules qui n'est pas encore là, se lamenta-t-elle, il aurait quand même pu faire un effort, c'est ce soir que Judith nous dit où elle part et, une nouvelle fois, il est en retard ! »

Après les effusions d'usage, Rachel et Judith s'affairèrent toutes les deux en cuisine, Judith aidant sa mère dans les derniers préparatifs du repas. Rachel parla deux ou trois fois, à la réflexion plutôt trois fois que deux, de David.

« Tu sais Judith, David, il me demande sans cesse de tes nouvelles, on voit bien qu'il est amoureux de toi », se risqua-t-elle, répétant pour la énième fois à sa fille qu'ils feraient tous deux un couple magnifique, ajoutant même, n'y pouvant plus, parlant très vite, de peur d'être coupée,

« Tu te rends compte, après l'ENA, qu'il a fini dans les tous premiers, ils l'ont nommé à l'inspection des finances, au top du top ; et puis tu sais Judith, il a aussi été élu conseiller municipal d'Alfortbourg, quand tu étais au fin fond de ton Chinchuan de Chine, élu sur la liste de Berhillon. C'est un homme comme ça qu'il te faudrait ma petite Judith. Et pourquoi, ma fille, est-ce que tu n'acceptes pas même une petite invitation à dîner, pourquoi est-ce que tu ne réponds jamais à ses messages ? »

« Maman, arrête ! Stop ! On en a déjà suffisamment parlé comme ça ! Je ne l'aime pas ton David et je ne l'aimerai jamais, s'emporta presque Judith, et si j'avais la faiblesse d'accepter une seule de ses invitations, il ne me lâcherait plus. David au lycée déjà il commençait à me peser, alors aujourd'hui, je ne te dis pas ! »

Rachel faisant sa tête des mauvais jours, se mit illico à bouder, ne disant plus rien pendant une bonne minute, ce qui, faut-il le reconnaître, était bien long pour elle. Judith employa ce répit pour commencer à mettre la table, laissant sa mère mouronner toute seule dans la cuisine.

Au comble d'un désespoir qui semblait ne plus avoir de borne, Rachel vint rejoindre Judith dans la salle à manger pour s'écrier soudain angoissée par la sombre idée qui lui était venue en finissant de préparer sa salade à la tomate : « Tu ne t'es quand même pas entichée d'un goy, j'espère ? », qui n'attira pour toute réponse de Judith qu'un haussement d'épaule, un magnifique éclat de rire, suivi d'un retentissant cri du cœur :

« Non Maman, je ne suis amoureuse de personne ni d'un goy, ni d'un juif ! Et ce n'est pas demain la veille que je vais m'enticher de qui que ce soit, ma liberté et mon travail, avant tout ! ».

Le rabbin n'arriva qu'avec vingt petites minutes de retard, ce qui témoignait manifestement de sa part d'une assez remarquable bonne volonté.

Judith le laissa s'installer, consacrer par ses prières le repas ; elle le laissa manger l'entrée, le plat principal et même le dessert ; elle attendit que le café fût servi puis tout à trac indiqua à ses parents qu'elle partait pour le Watar.

Une bombe eut explosé dans le petit pavillon de banlieue de la famille Eisenberg qu'elle n'eût sans doute pas produit pareil effet. Rachel avala de travers sa gorgée de café et la recracha bruyamment dans sa serviette dans un gargouillis assez proche d'un coassement de grenouille, le rabbin blanchit, rougit, verdit pour dans un souffle à peine audible expirer d'un pathétique et désespéré

« Judith, le Watar, c'est un pays islamique ! »

Judith employa tout le reste de la soirée à rassurer ses parents qui ne la laissèrent partir qu'en lui faisant promettre de leur téléphoner tous les soirs et de rentrer immédiatement en France si le moindre risque menaçait d'apparaître.

Elle promit.

Le rabbin en personne la reconduisit en voiture, visiblement encore déstabilisé par l'annonce. Judith l'embrassa tendrement et juste avant de pénétrer dans le hall de son immeuble lui redit une fois encore :

« Ne t'en fais pas, c'est promis, juré, Papa, s'il y a le moindre souci, je demande à rentrer. Et puis tu sais bien que chez Léonardi, avec toutes les consignes gouvernementales qu'ils ont là-dessus, il ne nous enverrait pas là-bas si c'était un tant soit peu risqué. Le Watar organise une coupe du monde. Ce sont des gens sérieux, pas des fous terroristes ! ».

Chapitre 2 : Himal

Accroupis à fond de cale avec une quarantaine de leurs compatriotes, Himal et Jagat suaient à grosses gouttes.

Ils avaient chaud, soif, faim, un peu peur aussi. Depuis leur départ d'Ahmadabad, le raffiot de fortune affrété par la société d'intérim « Indian Workers » sur lequel ils s'étaient embarqués, avait péniblement longé en mer d'Oman, les côtes indiennes, pakistanaises puis iraniennes, cabotant plus que naviguant, brinquebalé, au gré des grains, par des flots tempétueux, pour, après plusieurs escales, pénétrer tout calme revenu, par le détroit d'Ormuz, dans le golfe persique.

Finalement, s'en étonnant eux-mêmes, ils étaient arrivés sans encombre au Watar, au terme de six longues journées de navigation ponctuées par les sinistres et réguliers craquements ébranlant sans cesse la coque piquetée de rouille et les superstructures mitées d'un triste navire dont la passerelle étique, la cheminée trouée et la mâture pourrie, pour ne citer que ces trois pathétiques exemples, présentaient un aspect si fragile, si frêle et si délabré, qu'on ne pouvait s'empêcher de penser que le tout serait jeté corps et biens à la mer et le bateau coulé en un rien de temps au premier coup de vent un peu sérieux. Et pourtant, malgré la tempête, à la surprise générale, cela n'arriva pas.

Cette arrivée à bon port, était-elle un miracle ?

Vu l'état du bateau, cela ne faisait pas l'ombre d'un doute.

Les conditions de traversée dans l'oppressante pénombre de la cale pour toutes ces raisons et quelques autres encore, qu'il eût été fastidieux de vouloir ici détailler, avaient été rudes et angoissantes.

Mais, ce qu'Himal et Jagat avaient fui, l'avait été bien plus encore.

Malgré la chaleur accablante, Himal frissonnait. Jagat, son frère jumeau, constituait désormais sa seule famille, la seule qui lui restait.

Les deux frères étaient nés vingt cinq ans auparavant à Sindhulpalchok, petit village isolé aux confins du Népal, un des pays les plus déshérités de la planète, écrasé au pied de l'Everest entre les immenses Chine et Inde, perpétuellement ravagé par les discriminations de castes, la corruption et la guerre civile.

La monarchie népalaise appuyée sur une classe dominante de grands propriétaires prédateurs, n'avait rien compris à l'évolution des temps. Prisonnière de traditions millénaires, elle n'avait rien su faire pour son peuple, population rurale et misérable, analphabète, décimée par la malnutrition, dont l'espérance de vie à la naissance peinait à atteindre les quarante sept ans.

Une guérilla crypto-maoïste financée par la puissante Chine était apparue, se structurant peu à peu, prenant appui sur la misère, la faim et la peur. Et puis, tout s'était enchaîné très vite, en à peine six mois. Après le renversement et l'assassinat du roi Gyanhidra, Himal et Jagat avaient assisté impuissants aux vagues successives d'expropriation qui avaient recouvertes, implacables, la totalité du pays. Quand celles-ci étaient parvenues aux portes de leur village, Dowa, leur père avait pris la tête des petits fermiers décidés à résister au projet néo-communiste du gouvernement arrivé au pouvoir à Katmandou. Comme au bon vieux temps de l'URSS naissante, les dirigeants avaient décrété unilatéralement, pour le bien du peuple, la collectivisation des terres, expropriant à tout va, même ceux qui, comme dans la famille d'Himal, réussissaient tant bien que mal à subvenir à leurs besoins. Les masses rurales et citadines furent alors transformées en employés, paysans ou ouvriers salariés, dirigés par les petits chefs des vastes exploitations agricoles étatiques et des quelques rares entreprises industrielles existantes, toutes nationalisées, sur fond de corruption et de népotisme.

La résistance n'avait duré qu'un temps.

Himal se rappellerait toute sa vie la vision d'apocalypse qui les avait saisis Jagat et lui, quand, redescendus de la montagne pour regagner leur village, ramenant leur maigre troupeau après trois mois d'estives, ils s'étaient arrêtés, abasourdis, anéantis devant les ruines calcinées de leur modeste ferme pour apprendre ensuite au village que leur père, seul survivant de l'incendie criminel qui avait tué leur mère et leur petite sœur, sans que l'on n'en découvrît les auteurs, faute sans doute de les avoir cherchés, avait été fusillé pour menées subversives après une parodie de procès. Son corps avait été abandonné aux vautours et autres charognards de la montagne

C'est comme si leur famille n'avait jamais existé.

On entendait, de plus en plus distinctement maintenant, les bruits du port de Ba'adek.

Une agitation fébrile sur le pont semblait annoncer un débarquement imminent. La porte de la cale s'ouvrit au bout de quelques minutes. Un flot de lumière jaillit éblouissant Himal et Jagat. Ils sortirent. Une claque d'air chaud les saisit sur place; l'atmosphère était pesante ; on respirait difficilement. Il pouvait être midi ou treize heures ; un bandeau lumineux affichait sur la capitainerie une température à l'ombre de quarante-cinq degrés centigrades, à côté de l'indication de la date du jour.

On était le mercredi vingt-six juin 2030.

Des camions, aux couleurs de la WBCC, la Watari Building Corporation Company, les attendaient sur le quai. Les népalais emportant avec eux leurs maigres valises et baluchons, s'y entassèrent, vaille que vaille, sous les ordres gutturaux et rugueux de quelques contremaîtres. Himal et Jagat, les deux derniers passagers à monter à bord du premier camion, s'assirent l'un à côté de l'autre. Le camion démarra péniblement hoquetant, crachotant, cahotant.

Himal et Jagat avaient fui Sindhulpalchok comme des voleurs.

Jagat avait à peine eu le temps de dire au revoir à Yangani. Le chemin avait été long et périlleux. Ils étaient fichés contre-révolutionnaires et quoiqu'ils ne fussent pas activement recherchés, il leur avait fallu soigneusement éviter l'armée, la police et les indicateurs.

Ils avaient marché des jours durant, les pieds en sang, couverts d'ampoules, à l'écart des chemins fréquentés, dans d'épaisses forêts vierges dont les clairières leur dévoilaient parfois au-dessus de la ligne haute et noire des pins, des pics pointus, des torrents glacés, des cascades géantes pétrifiées d'eaux congelées, scintillant aux rayons du soleil.

Ils avaient vécu de la charité, celle des monastères et des lamaseries, celle sollicitée auprès de rencontres de passage, grappillant un morceau de pain brun rassis dévoré à pleines dents, auprès d'une vieille femme ridée menant à l'étable un gros bœuf apathique aux grands yeux marrons abrutis, yak chevelu, barbu et poilu, quémandant l'hospitalité dans un hameau forestier ou dans une ferme isolée, pour se la voir souvent refuser, chiens hurlant lancés à leurs trousses.

Passer la nuit en plein air leur était devenu familier, au pied d'un arbre, dans une caverne, blottis dans une excavation, dissimulés et réchauffés sous la fine couche de neige fraîche qui venait recouvrir leur duvet de coton. Ils traînaient leurs maigres bagages comme des âmes en peine vers Katmandou, la grande ville où l'on recrutait alors à tour de bras pour l'étranger.

Après l'immensité sombre de la forêt, étaient venus, balayés par la bise perçante et glaciale, les espaces vastes, désolés et nus des hauts plateaux, craignant à tout moment d'être surpris par des brigands ou une bande de chenapans leur demandant un cadeau, façon presque policée et courtoise de les voler.

Ils étaient arrivés épuisés, à bout d'effort, à Katmandou. Ils avaient trouvé sans mal les sociétés d'intérim dont les émissaires arpentaient les rues en tous sens, à la recherche de bras. Ils avaient réussi ainsi à fuir le Népal, comme bon nombre de leurs compatriotes jetés sur les routes par les expropriations, la faim et la misère.

Cet exode massif faisait désormais des népalais la première communauté d'expatriés du Watar, trois cent soixante mille travailleurs venus gonfler, depuis la politique d'étatisation menée à grande échelle par les nouvelles autorités du Népal, le million d'étrangers déjà à l'œuvre sur le gigantesque chantier de construction à ciel ouvert qu'était devenu l'émirat.

Munis d'un contrat de travail de deux ans renouvelable, de leur passeport, ayant souscrit auprès d'Indian Workers un emprunt de huit cents dollars pour pouvoir partir, emprunt qu'ils mettraient plus d'un an à rembourser, ils étaient heureux d'être enfin arrivés. Un travail, un salaire, un toit au « labor camp », la résidence des travailleurs de la WBCC, des repas, le tout fourni par leur nouvel employeur, que pouvaient-ils espérer de mieux après les événements tragiques qu'ils venaient de traverser ? Une nouvelle vie semblait s'offrir à eux, riche d'espoir, pleine d'opportunités à saisir. Puis, ils étaient ensemble, unis comme les doigts de la main, rien ne pourrait plus leur arriver.

« Après le paradis, il y a le Watar ! » leur avait dit le chargé d'affaires qui les avait recrutés à Katmandou avec la bénédiction d'autorités locales généreusement rémunérées pour leur collaboration avec Indian Workers.

Himal et Jagat, arrivés au Watar, se prenaient enfin à rêver ce paradis sur terre.

Les camions roulaient maintenant à vive allure.

Ils sortirent de la zone portuaire proprement dite pour entrer dans la ville. Himal et Jagat découvraient émerveillés les vastes avenues bordées d'imposants buildings, parcourues par des voitures de luxe rutilantes, d'énormes 4x4 et des taxis colorés roulant à tombereaux ouverts.

Des « signaleurs », agents chargés de réguler tant bien que mal le trafic automobile, flottaient à chaque grand carrefour, ensevelis dans d'amples vêtements jaunes à capuche, destinés à favoriser autant qu'il était possible la circulation d'un air surchauffé recouvrant tout, êtres et choses, d'une écrasante et épaisse chape de plomb. Un voile de tissu leur couvrait la bouche et le nez afin d'éviter que la très fine poussière du désert soulevée par le flot incessant des véhicules ne pénétrât leurs poumons. Tous les signaleurs semblaient indiens ou sri lankais.

Les camions réussirent à s'extraire péniblement de la gangue du centre ville pour se diriger par une autoroute urbaine vers la périphérie de Ba'adek. Au bout de quelques kilomètres, ils prirent une bretelle en direction d'Industrial Area. Tous les panneaux de signalisation dans cette tour de Babel qu'était devenu le Watar, étaient rédigés conjointement en arabe et en anglais.

Parce qu'enfants, ils avaient croisé la route d'une ONG américaine, depuis lors expulsée du Népal, Himal et Jagat savaient l'anglais et à défaut d'avoir été scolarisés dans quelques écoles que ce soit, les cadres de l'ONG, bienveillants, avaient pourvu avec la bénédiction de leurs parents, à leur éducation, leur apprenant à lire, à écrire, à compter ; mais ils n'avaient rien pu faire pour Amita, leur jeune sœur disparue. Leur père Dowa prisonnier d'une tradition archaïque venue du fond des âges, avait refusé catégoriquement que sa fille ne reçoive d'autre éducation que celle nécessaire à sa condition de future épouse, tout entière dévolue à la bonne marche de son foyer.

Certes, Dowa n'allait pas jusqu'à frapper sa femme ou sa fille, à la différence de bien d'autres, la loi népalaise acceptant les violences domestiques depuis toujours pratiques courantes ; les femmes elles-mêmes finissaient d'ailleurs par croire avec le temps que tout cela n'était pas bien grave, tant leur quotidien était imprégné de cette violence ordinaire.

Certes, Dowa était non violent, mais cette non violence n'avait pas été jusqu'à permettre à sa fille de saisir comme Himal et Jagat, la chance qui s'était présentée à eux.

Cette éducation avait constitué un atout supplémentaire de poids auprès de la société d'intérim indienne, dès lors qu'il leur avait fallu obtenir ce fameux contrat de travail, synonyme dans leur esprit d'indépendance et de liberté.

Les camions entrèrent dans ce qui semblait être un village de bungalows et de mobil homes défraîchis.

Depuis qu'ils avaient quitté la capitale et rejoint le quartier d'Industrial Area, les voies toujours goudronnées semblaient plutôt mal entretenues; quelques nids de poule superbement ignorés par les camions les avaient lourdement secoués sur le trajet final. La verdure, palmiers et massifs en fleurs avaient disparu, tout comme les trottoirs ou l'éclairage public. Les camions s'arrêtèrent dans un crissement strident de freins. Les nouveaux travailleurs de la Watari Building Corporation Company descendirent des véhicules.

« Qui parle anglais ? » hurla d'une voix âpre l'un des contremaîtres.

Quelques hommes, peu nombreux, sortirent de la masse compacte regroupée sur le vaste espace libre qui servait de parking juste devant l'« International WBCC Workers Main Residence », ainsi que le proclamait fièrement la pancarte de bois pourtant sans aucune allure fixée au-dessus du portail d'entrée.

Le contremaître choisit parmi eux deux hommes dont Himal. Il leur réclama leur passeport.

Le contremaître pouvait avoir une petite quarantaine d'année. Méprisant et hautain, il expliqua ce qu'il attendait aux deux hommes tandis que ses collègues répartissaient par moitié, en groupes d'égale importance, le reste des népalais.

« Je m'appelle Kamel, je suis Algérien. Je suis votre chef de camp et le chef des contremaîtres du chantier. Vous allez être employés aux opérations de construction du stade Idhad qui accueillera à quelques kilomètres de Ba'adek le match d'ouverture et les deux demi-finales de la coupe du monde 2034. Pour l'heure, vous allez transmettre mes ordres à chacun des groupes auquel vous serez affectés. C'est ce que vous ferez ici au camp mais aussi sur le chantier du stade où vous travaillerez ; c'est compris ? »

Il marqua un court moment de silence puis n'attendant manifestement aucune réponse, reprit :

« Vous, Himal, votre bungalow, ce sera le numéro cinq et vous Kris le six, ajouta-t-il après avoir parcouru des yeux les deux passeports. Dès que vous serez avec votre équipe dans le mobil home, vous récupérez les titres de séjour de vos collègues pour me les apporter dans mon bureau qui se trouve dans les locaux administratifs que vous voyez là-bas. Vous avez le reste de la journée pour vous installer dans chaque mobil home. Il y a une vingtaine de lits superposés à votre disposition par bungalow. La cantine se trouve derrière les locaux administratifs à côté des sanitaires où vous trouverez lavabos, cabines de douche et toilettes. Les locaux administratifs sont ouverts de neuf heures à dix-huit heures ; les sanitaires et la cantine, nuit et jour, en raison de vos régimes de travail en 3X8, de six heures à quatorze heures, de quatorze heures à vingt-deux heures et de vingt-deux heures à six heures. Quand vous viendrez m'apporter les passeports, je vous remettrai au nom de chaque résident, une carte d'accès à la cantine, carte qui permet également d'ouvrir le portail d'entrée du camp quand celui-ci est fermé le soir à vingt-trois heures. Demain, départ vers le chantier à cinq heures trente. Vous travaillerez au début en six–quatorze. Après une courte formation qui ne devrait pas prendre plus de quelques jours, vous serez affectés définitivement aux différentes équipes du chantier. Les camions vous attendront demain sur le parking pour vous y conduire. Avez-vous des questions ? ».

« Peut-on changer la composition des groupes ? » hasarda Himal qui ne voulait pas être séparé de Jagat.

«Mettez-vous d'accord ensemble avant de m'apporter les passeports et ça ira. D'autres questions ? ».

Ni Himal, ni Kris ne répondant, Kamel les conduisit vers chacune de leurs équipes et ne les quitta qu'après leur avoir dit d'un ton qui ne supportait plus aucune réplique,

« Maintenant, vous leur expliquez ce que je viens de vous dire et ramenez-moi les passeports rapidement ! ».

Himal et Kris expliquèrent à chacun le déroulement des opérations. Quelques changements furent opérés entre les deux groupes ce qui permit à Jagat de rejoindre Himal ; tous s'acheminèrent vers le logement qui leur avait été assigné.

Himal entra le premier dans le bungalow numéro cinq. Il n'était pas de première jeunesse. Les murs gris étaient sales, le parquet aux planches de bois disjointes fortement dégradé. Cinq rangées de quatre lits superposés occupaient quasiment tout l'espace qui ne devait guère excéder plus de trente cinq mètres carrés. Une seule fenêtre étroite faisait face à la porte d'entrée. Trois ampoules sales pendaient pitoyablement au bout de leur fil électrique. La chaleur était étouffante.

Après avoir récupéré les dix neuf passeports de ses compagnons, Himal alla rejoindre Kris. Ils se dirigèrent ensemble tête basse vers les locaux administratifs. Ils entrèrent dans le bâtiment climatisé où régnait une agréable fraîcheur. Le bâtiment de plain-pied ne comportait pas d'étage. Ils déclinèrent leur identité à l'accueil.

L'hôtesse leur sourit aussitôt.

« Je vous attendais. Je m'appelle Saya, je viens d'Indonésie, ça fait plus d'un an que je travaille ici » dit-elle d'une belle voix mélodieuse dans un anglais parfaitement maîtrisé.

« Bienvenue au labor camp ! »

Elle appela Kamel au téléphone.

Après avoir échangé quelques mots avec lui, elle demanda à Himal et Kris de la suivre dans un long couloir de chaque côté duquel pouvait se répartir une bonne dizaine de bureaux, les uns portes ouvertes, les autres fermées. Himal et Kris reconnurent en passant dans quelques bureaux certains des contremaîtres qui les avaient si rudement accueillis à leur arrivée au port de Ba'adek. Ils arrivèrent devant une porte sur laquelle une belle plaque dorée reluisait, affichant en anglais l'inscription suivante : « Kamel Ait Ramane, Chief of International WBCC Workers Main Residence ». Saya frappa à la porte. Un monumental « entrez ! » retentit. Elle ouvrit, s'effaça pour laisser passer Himal et Kris puis referma la porte derrière eux, sans bruit.

Le chef du camp les attendait assis derrière son bureau, immobile, minéral, un léger rictus narquois figé au coin des lèvres. Il ne proposa ni à Himal, ni à Kris de s'asseoir. Kamel s'empara sans un mot des piles de passeports tendus par les deux hommes. Après les avoir consultés, il répartit en fonction des deux équipes constituées, celle d'Himal et celle de Kris, les cartes d'accès dans deux grandes enveloppes de papier Kraft qu'il leur remit. Kamel rangea soigneusement les passeports dans un petit coffre-fort placé à même le sol juste derrière son bureau. Il ferma à clef le coffre et dit à Himal et à Kris en leur montrant la clef d'un geste ostentatoire.

« Je vous considère désormais chacun comme responsables de vos bungalows et de tous ceux qui y résident. S'il y a le moindre problème, je veux que vous m'informiez aussitôt ou c'est vous qui en subirez les conséquences. Je ne tolérerai aucun manquement. Vous êtes ici pour travailler, uniquement pour travailler. Toute personne dont le comportement ne conviendra pas, sera aussitôt expulsé du pays et retournera immédiatement d'où il vient. Tenez, prenez-moi ça ! C'est un exemplaire du règlement intérieur du camp. Emportez-le, lisez-le très attentivement, expliquez-le à vos collègues. Je ne veux ici, comme d'ailleurs à l'extérieur, en ville ou sur le chantier, aucun incident d'aucune sorte, tout particulièrement avec les wataris à qui vous devez respect et obéissance. C'est grâce à eux et à la bienveillance de l'émir Jaffar que vous êtes là. Ne l'oubliez jamais et tenez-vous le pour dit. Vous pouvez disposer, j'en ai fini ».

Himal et Kris sortirent, gratifiés d'un délicieux sourire de la part de Saya, l'hôtesse. Ils regagnèrent leur mobil home respectif.

Jagat était en train de reconstituer un Népal miniature, son Népal personnel, composé de quelques photos scotchées au mur, découpées dans de vieux magazines où trônaient en bonne position Bouddhas sereins, vues riantes de Katmandou, sommets enneigés de l'Himalaya, mais aussi, en bonne place, quelques stars de Bollywood somptueusement parées de robes chatoyantes et de bijoux aux couleurs éclatantes. Himal remarqua que Jagat n'avait pas affiché la photo de Yangani, la petite amie qu'il avait laissée à Sindhulpalchok, la mort dans l'âme, lui promettant de revenir la chercher une fois devenu riche, sitôt ses deux années de contrat achevées, avait-il ajouté un peu témérairement. Sans doute n'avait-il pas voulu s'exposer aux remarques moqueuses, si ce n'est graveleuses, que n'aurait pas manqué de susciter de la part des autres occupants du bungalow, l'exposition aux yeux de tous de la photo de la belle Yangani.

* * *

À chaque fois qu'il venait prendre son service, sitôt descendu du camion qui l'amenait du labor camp, Himal jetait, toujours aussi perplexe, un œil sur l'immense panneau placé à l'entrée du chantier.

Sur quatre mètres de long et quatre de large, le futur stade Idhad s'affichait, majestueux, en quadrichromie, magnifique enceinte couverte et climatisée de quatre-vingt mille places et d'une cinquantaine de loges. Il est vrai que l'on ne pouvait guère espérer pouvoir jouer au soccerball avec des températures avoisinant les cinquante degrés à l'ombre sans la protection d'un toit et d'une climatisation.

Le stade Idhad, vaste complexe aux allures futuristes, accueillerait aussi, aux termes des travaux, un centre commercial d'une centaine de boutiques, abritant une dizaine de restaurants, un hôtel grand luxe et, en sous-sol, un parking de mille places, le tout à un petit quart d'heure à peine du centre ville de Ba'adek, desservi par le SRT, Soft Rail Transit system, un métro qui resurgirait comme par miracle des entrailles de la terre pour devenir tramway à quelques deux cent cinquante mètres à peine du stade.

À chaque fois, c'était pareil, Himal n'arrivait pas à accommoder cette image avec celle qu'il avait tous les jours sous les yeux depuis bientôt quatre mois, ce gigantesque trou qu'il fallait creuser, étayer, couvrir de paroi de béton armé tout en édifiant en parallèle cinq cent trois pieux monumentaux, plantés à plus de huit mètres de profondeur, destinés à supporter la masse colossale de l'édifice.

Ce qu'il n'arrivait pas à accommoder surtout, c'était l'aspect joyeux, naturellement festif, présenté sur l'affiche du stade qui accueillerait dans moins de quatre ans une bonne dizaine de matchs de la coupe du monde avec sa réalité quotidienne, celle marquée par la dureté des travaux de terrassement auxquels ils étaient tous attelés depuis leur arrivée au Watar charriant inlassablement sous un soleil de plomb, des tonnes et des tonnes de terre, de sable et de graviers, travail titanesque dont Himal pensait parfois qu'on ne réussirait jamais à en venir à bout.

Et encore, l'âpreté du labeur, n'était rien en comparaison de l'implacable mépris avec lequel ils étaient traités par leurs contremaîtres. Il fallait supporter cela toutes les semaines, six jours sur sept, sauf le vendredi, jour chômé au Watar, une semaine de matin, la suivante d'après-midi, la troisième de nuit, celle qu'Himal préférait, loin des ardeurs du soleil, dans une ambiance fantasmagorique, éclairé à la lueur d'une vingtaine de projecteurs nimbant le chantier d'une éclatante lumière jaune qui permettait d'y voir et d'y travailler comme en plein jour.

Himal croisait parfois les ouvriers du chantier proche, celui du tramway – métro et se prenait souvent à les envier. Eux, ne travaillaient jamais entre onze heures et quinze heures trente aux heures les plus brûlantes.

Mais le pire de tout sur le chantier de la WBCC avait été sans conteste le sort réservé à son frère. Himal y pensait sans arrêt depuis que Jagat avait été affecté, après leur formation, dans l'équipe d'Ali. Ali, le terrible, sans doute le plus pervers des contremaîtres du chantier, le plus dur en tout cas, être dénué de toute humanité, sans amour, plein de morgue, confis dans sa suffisance et son mépris viscéral des ouvriers, le libyen dont le visage rond et poupin contrastait singulièrement avec un caractère de tyran acharné à faire régner la terreur chez ses subordonnés, l'avait tout de suite pris en grippe.

Jagat avait le premier jour mal compris l'un de ses ordres, jeté à la va-vite, sans un regard, dans un anglais mal assimilé par l' « Attila de la WBCC », comme l'appelait dans un mélange de dérision et de terreur les ouvriers du chantier. Il avait commencé à attaquer à grands coups redoublés de pioche une tranchée au mauvais endroit. Ali s'en était aperçu trop tard. Véritable furie éructante, il s'en était pris violemment à Jagat, vilipendé, noyé sous un déluge d'insultes. Il avait fallu tout reboucher puis refaire le travail quelques mètres plus loin. Ali avait infligé à Jagat sans qu'aucune discussion, aucun dialogue, aucune tentative de conciliation ne soit même envisageable, une amende de cinq dollars qui, lui avait-il asséné dans un mauvais sourire, serait prélevée sur sa prochaine paye.

Pour Jagat, cela avait été alors l'enfer ; toutes les corvées, les tâches les plus usantes, étaient pour lui, condamné à toujours creuser, excaver, porter, tirer, pousser, piocher, pelleter, sans un moment de répit. Tout le monde savait qu'Ali souhaitait le renvoi de Jagat. Il cherchait à le faire craquer sous le poids des brimades et l'énormité quasi sadique des tâches confiées. Il voulait en faire un exemple. C'est comme cela qu'il avait toujours agi. Pour asseoir son emprise psychologique sur un groupe, il choisissait parmi ses hommes souvent au hasard, une tête de turc. Et méthodiquement, il détruisait alors physiquement jusqu'à l'expulsion finale, la cible qu'il s'était choisie.

Mais Jagat était une véritable force de la nature. Sa résistance opiniâtre, sa dureté au mal, son incroyable capacité de travail, décuplées par la promesse qu'il avait faite à Yangani de revenir riche au pays, en avait fait pour tous les membres de son équipe et bien au-delà un exemple, un modèle et un symbole. Sa réputation avait gagné peu à peu tout le chantier. Dans les tâches les plus rudes qu'Ali lui assignait, très rapidement, un ouvrier, quelquefois deux, étaient venus en plus de leur propre travail, l'épauler, lui prêter la main.

C'est une bonne partie du chantier qui s'était ainsi, en silence et en actes, révoltée, s'opposant à la férocité d'Ali, défendant Jagat, refusant l'expulsion qui lui semblait inéluctablement promise par la sentence sans appel du contremaître.

Cela avait rendu Ali furieux.

Pour la première fois, on lui résistait, sans d'ailleurs que cela ne nuise à la quantité et à la qualité du travail réalisé, bien au contraire. Ali en était même souvent complimenté par ses chefs, Kamel en tête, et avait pu ainsi grappiller une augmentation substantielle de sa rémunération. Mais il n'avait pu abattre Jagat et cela le minait. Quand leurs regards se croisaient maintenant, on y sentait une haine sourde, lourde, prête à s'embraser à la moindre étincelle. Un fragile équilibre s'était pourtant établi au fil des jours. Jagat faisait son boulot, bien plus que son boulot, tandis qu'Ali le surveillait du coin de l'œil, prêt à bondir à la moindre incartade.

« Heureusement, Yangani m'attend ! » répétait souvent Jagat à Himal le soir exténué, affalé sur son lit, regardant sa photo accrochée au mur. Personne ne lui avait fait de remarque désobligeante quand il avait expliqué les premiers temps à la chambrée que s'il arrivait à supporter tout cela, à abattre tout ce travail, c'était grâce à une déesse, sa petite déesse.

Il avait alors fièrement accroché au mur dans un joli petit cadre de bois la photo de Yangani, douce jeune femme, fragile comme une porcelaine, étincelante comme une étoile, aux longs, fins et lisses cheveux noirs charbon, moulée dans un sari rouge d'étoffe légère, les yeux pétillants, pleins de rêves d'ailleurs, emplis d'un incommensurable amour, inestimable trésor qu'elle avait décidé d'offrir à Jagat, pour cette vie et toutes les autres à venir.

Dans les moments de doute, quand la stupeur, l'hébétement de longues journées d'un labeur qui s'apparentait souvent à une torture, le saisissait, il lisait et relisait pour y puiser des forces nouvelles, les belles et longues lettres écrites par Yangani parlant toujours d'avenir, un avenir certes pour l'heure flou et imprécis mais dont l'imprécision même prenait pour lui des allures d'infini.

« Plus que vingt mois à tenir ! » disait-il alors à Himal, se réconfortant aux perspectives du bonheur qui l'attendait là-bas quand avec Yangani, il pourrait enfin explorer l'infini qu'il se prenait à rêver tous les jours plongé dans la lecture de ses lettres où sa belle, grande et ronde écriture dessinait en mots d'amour les perspectives de leur commune espérance.

* * *

L'exaspération était à son comble.

Kamel avait annoncé la veille aux huit responsables de bungalow du labor camp, au prétexte de prélèvements destinés à pourvoir à l'augmentation des frais consacrés à l'entretien du camp et au fonctionnement de sa cantine, une diminution des salaires de dix pour cent. A partir du mois prochain, ils ne toucheraient plus que quatre-vingt-dix dollars par mois dont soixante toujours ponctionnés pour rembourser l'emprunt contracté auprès d'Indian Workers.

Comme d'habitude, c'était à prendre ou à laisser. Chacun avait la possibilité de refuser, mais le refus équivaudrait à une reconduite immédiate à la frontière. Ils étaient coincés. Le président watari de la WBCC, qu'ils n'avaient d'ailleurs jamais rencontré, Walid ibn Hassad Al Banim, cousin de l'émir Jaffar, était au regard de la législation appliquée aux travailleurs expatriés, selon le terme consacré par le droit du travail local, le « sponsor » de ses employés. En d'autres termes, pendant toute la durée de leur contrat de travail, il était leur tuteur légal, les tenant dans une sujétion absolue. Ses employés ne pouvaient ni démissionner, ni changer de travail, ni même quitter le pays sans son autorisation.

Walid Al Banim pouvait en fonction de la conjoncture économique et à sa propre guise, moduler les salaires et bien sûr renvoyer sans autre forme de procès les récalcitrants ou contestataires de tout poil et de tout acabit, petits ou grands, dans leur pays d'origine. Ce n'était certes pas les postulants qui manqueraient pour venir les remplacer. Les contrats qu'ils avaient tous signés pour venir au Watar l'y autorisaient explicitement. Aucun syndicat ne défendrait d'ailleurs jamais Himal, Jagat et leurs compatriotes, leur existence n'étant réservée qu'aux seuls nationaux wataris et le droit de grève interdit aux expatriés.

Pour la première fois, Kamel avait ressenti presque physiquement l'hostilité contenue des responsables de bungalow. Oh ! Très peu de choses à vrai dire, une espèce de brouhaha au lieu du silence habituel, résigné, fataliste et pesant qui présidait traditionnellement à leurs rencontres. Personne n'avait toutefois osé prendre la parole et tous avaient regagné, courbés sous le choc de la nouvelle, leur logement de fortune pour expliquer cela, amers, à leurs co-résidents.

Le président Walid, songea Kamel, n'y avait pas été cette fois-ci avec le dos de la petite cuillère en argent qu'il aimait à utiliser, comme on le rapportait parfois, pour prendre son thé sous l'immense tente plantée au milieu du désert dans laquelle il aimait parfois se retirer pour disait-il « réfléchir et méditer sur la grandeur d'Allah ». La prochaine fois qu'il le verrait, Kamel tenterait s'il en avait l'occasion de le lui dire. Dix pour cent de réduction de salaire, ce n'était quand même pas rien !

Pour l'heure, il avait donné des ordres pour que l'ordinaire de la cantine soit un peu amélioré pour les deux prochaines semaines ; cela amortirait peut-être le choc, un bon repas, ça remonte toujours le moral, se plut-il à penser pour, s'effrayant soudain de son inhabituel geste, se morigéner contre l'indulgence coupable dont il venait de faire preuve à l'égard de ses ouvriers.

« Attention, Kamel à ne pas te transformer en bon samaritain ; cela pourrait se retourner contre toi ; tu sais bien comment le président Walid pourrait réagir à une trop grande mansuétude s'il venait à la prendre pour de la faiblesse ! »

* * *

Les conversations allaient comme toujours bon train à la cafétéria où s'activaient les deux serveuses indonésiennes Hawa et Wanita se démultipliant derrière leur comptoir pour servir boissons et repas.

Basnet était ulcéré.

Compagnon de chambrée d'Himal et Jagat, ils avaient très vite sympathisé, Basnet ne rechignant jamais à aider Jagat sur le chantier quand Ali l'accablait à la tâche. Ils étaient originaires de la même région du Népal, leurs villages à peine distants d'une dizaine de kilomètres à vol d'oiseau.

Basnet à neuf ans avait eu la chance d'être pris très tôt sous l'aile protectrice d'un de ses oncles, professeur d'anglais, qui avait su déceler chez le jeune enfant une intelligence vive et surtout un immense désir d'apprendre. Il avait convaincu ses parents de le laisser partir avec lui à Katmandou. Basnet avait ainsi pu étudier et décrocher un diplôme universitaire d'économie. Il avait fui, lui aussi, vers le Watar la dictature du nouveau pouvoir en place.

Quand Basnet parlait, tous l'écoutaient. Il en imposait, même aux contremaîtres. Sa haute stature, son œil vif, malicieux, toujours en mouvement, la chaleur humaine qu'il dégageait, sa culture peu ordinaire chez un ouvrier, son sens de l'écoute, son empathie, ajoutaient énormément à son charisme naturel.

Basnet avait parlé un long moment, captant comme toujours l'attention des personnes alentours. Ils étaient une vingtaine maintenant à s'être regroupés autour de la table où Basnet accompagné de Kris, Himal et Jagat prenait le thé avec Saya. Sa voix enflait au fil de ses propos. On pouvait bien être une petite quinzaine de jours après l'annonce des diminutions de salaire.

Une nouvelle décision arbitraire et unilatérale avait de nouveau révolté le labor camp.

« Pourquoi nous interdit-on désormais d'aller dans les souks du centre-ville ? » tonnait Basnet.

« On les gêne peut-être toutes ces belles voilées wataries et leurs nobles époux quand ils font leurs courses. Déjà que nous n'avons pas le droit d'aller dans leurs centres commerciaux !

« Et pourquoi on ne peut plus prendre leurs bus et leurs métros ? On a des sales gueules, on leur fait peur, on va les voler, les égorger ? C'est peut-être bien ça qu'ils croient, allez savoir !

« Alors qu'on leur fait tout ici.

« Nous, les Népalais avec les Indiens, avec les Pakistanais, tout en bas de l'échelle, on creuse, on pioche, on terrasse à tour de bras pour édifier leurs tours, leurs ponts, leurs autoroutes, pour préparer leur fichue coupe du monde ; les Indonésiens, les Philippins, eux c'est leurs bureaux qu'ils font tourner ; les Algériens, les Marocains, les Tunisiens conduisent leurs taxis, tiennent les petits commerces et dirigent leurs chantiers ; les Européens, comme toujours, étudient, analysent et encadrent tandis que les Egyptiens et les Libanais sont à la tête des entreprises sous traitantes !

« Et les trois cent mille Wataris du pays, que font-ils pendant ce temps-là ? Pour eux, tout est gratuit, l'éducation, les soins, l'eau, l'électricité, le gaz ! Quand ils ont des dettes qu'ils n'arrivent pas à payer, qu'est ce qu'ils font ? Ils vont voir leur bon émir Jaffar tout en haut de sa tour Al Watarite de Ba'adek et l'émir, que fait-il, eh bien, leurs dettes, il les annule !

« Et à quoi passent-ils leur journée nos braves Wataris ? Seuls vingt pour cent d'entre eux travaillent, vous m'entendez bien, vous ne le saviez sans doute pas ça mes amis ; et encore quand je dis qu'ils travaillent, en fait ils régentent, ordonnent, dirigent et président, placés à tous les postes de commande de la société, compagnies gazières et pétrolières, banques, administrations et entreprises de travaux publics. Ils sont tous présidents, directeurs, entrepreneurs ou alors riches experts financiers employés dans les multiples sociétés gérant les fonds souverains de l'émir ...

« Et ceux qui ne travaillent pas, à quoi passent-ils leurs journées, me direz-vous ?

« Et bien, ils se prélassent, ils se reposent et le soir venu tous ces beaux rentiers, ils se baladent sur la corniche, ils empruntent, la nuit, dans leurs luxueuses voitures leurs autoroutes éclairées a giorno, comme en plein jour, pour traverser un désert qui ne mène nulle part.

« Lorsque nous, on travaille, accablés de soleil, eux, ils peuvent passer leur temps aux heures les plus chaudes dans leurs modernes centres commerciaux climatisés.

« Et nous, pauvres parias, on veut nous interdire les souks ! C'est à peine croyable ! ».

* * *

Saya pleurait souvent.

Elle pleurait quand elle pensait à sa famille, à ses parents, à ses sœurs, à ses frères, laissés loin là-bas, derrière elle, pataugeant dans leurs vastes rizières de Cilaclap, petite bourgade agricole prospère de Java, située à trois cent kilomètres à vol d'oiseau de Jakarta.

Mais là où c'était pire encore, là où elle atteignait l'extrême limite de sa détresse, c'est lorsqu'elle se mettait à penser à Budi, le dernier de la fratrie, son petit frère Budi qui à sept ans, quand elle l'avait quitté la mort dans l'âme, chantait, jouait et souriait tout le temps, image même de l'insouciance et de la joie de vivre, continuant consciencieusement de s'acharner à rester le gros bébé joufflu, petit bouddha paresseux, qu'il était depuis sa naissance. Espiègle, charmeur, mutin, il avait ligoté Saya dans des trésors d'amour et de tendresse. Cela en était même devenu un jeu pour lui.

« T'as vu Saya, comme je sais y faire, j'ai encore réussi à t'entourloupiner ! » plaisantait-il parfois dans un sourire à faire fondre un iceberg au cœur de la banquise, quand sa sœur grâce aux quelques cours d'anglais qu'elle donnait aux fils des notables du village, avait amassé suffisamment d'argent pour lui offrir le vélo, le maillot de soccerball ou le jeu vidéo dont il lui parlait, songeur, à longueur de journée, des étincelles allumées tout au fond de ses grands yeux sombres.

Budi était tout le temps là où se tenait Saya, à la maison lorsqu'elle aidait sa mère ou quand avec son père, elle conduisait les buffles à la rizière. Budi ne la quittait pas d'une seule semelle de ses dernières tongs toutes neuves, cadeau de Saya, saisissant et provoquant toutes les occasions possibles pour l'embrasser, la câliner, l'obliger à le serrer dans ses bras, tout contre elle. Saya n'était guère en reste d'ailleurs. Budi était pour elle une joie sans cesse renouvelée, un torrent d'amour continu déferlant vers elle. Ils étaient devenus inséparables, constamment collés l'un à l'autre, jamais l'un sans l'autre.

Et pourtant Saya était partie, comme beaucoup d'autres avant elle, un départ qui avait été une fuite, un abandon et un déchirement.

À dix-sept ans et demi, quand son père lui avait annoncé qu'elle devait prendre au village comme mari le garçon auquel, fiancée, elle était promise depuis l'anniversaire de ses huit ans, c'est comme si le ciel lui était tombé sur la tête. La date du mariage arrangé entre les deux familles, comme la coutume l'exigeait, avait été fixée trois mois plus tard, la dot de la future mariée arrêtée à trois buffles, ce qui n'était pas rien. Il est vrai que les deux familles n'étaient sans doute pas les plus pauvres du village, la forte croissance économique mondiale et le vaste marché intérieur indonésien de plus de trois cents millions d'habitants ayant boosté à un niveau jusqu'alors inconnu les ventes de riz, une des principales sources d'alimentation de la planète.

Saya ne voulait pas de ce mari aisé mais non aimé qu'on lui imposait, mais elle ne voulait pas quitter Budi, non plus. Elle avait vécu un enfer pendant plusieurs semaines ; et puis un beau matin, elle s'était décidée. Elle était partie avec toutes les économies qu'elle avait su se constituer grâce aux cours d'anglais. Elle était partie sans réveiller Budi, sans se retourner, vite, à Djakarta d'abord, puis au Watar.

Saya serrait les dents aussi.

Elle serrait les dents quand Kamel partait, claquant la porte de son modeste appartement pour signifier à tout le monde le plaisir qu'il avait pris à la posséder.

Il claquait la porte ainsi deux à trois fois la semaine. Il venait toujours après la fermeture du bureau vers dix-huit heures trente, ayant annoncé pendant la journée à Saya sa venue d'un laconique « C'est pour ce soir ». Il repartait une heure après, toujours une heure après, à dix-neuf heures trente précises. Quand, il claquait la porte en sortant, Saya serrait les dents pour ne pas pleurer.

A ce moment là, Hawa et Wanita, logées dans le même petit immeuble qui accueillait tout le personnel féminin de la WBCC, savaient. Avant que Saya n'arrive, elles avaient, elles aussi, connu Kamel, chacune à tour de rôle, parfois simultanément. Et quelquefois encore, Kamel passait à la cantine voir l'une ou l'autre, selon son humeur du moment, pour leur dire « C'est pour ce soir ». Saya, quand Kamel sortait en claquant la porte, serrait les dents pour ne pas pleurer, seul Budi était digne de ses larmes.

Que pouvait-elle faire ?

Si elle s'était refusée, elle eût été immédiatement expulsée vers l'Indonésie. Ce n'est pas en quatorze mois qu'elle avait pu se constituer le pécule nécessaire pour refaire sa vie dans son pays. Elle n'avait pas encore remboursé ce qu'elle devait en commissions et frais de voyage à la compagnie d'intérim qui l'avait recrutée comme secrétaire – hôtesse d'accueil du labor camp de la WBCC. Peut-être dans quatre ou cinq ans, pourrait-elle envisager un retour ? Dans cinq ans, Budi aurait treize ans ...

Pour l'heure, il lui fallait serrer les dents, exorciser comme elle le pouvait tout ce mal que lui faisait Kamel, apprivoiser cette douleur lancinante, omniprésente. Heureusement, elle avait Hawa et Wanita ; avec elles, elle pouvait parler du pays, des familles, des amis laissés derrière elles, évoquer leurs projets d'avenir.

Et puis, récemment, était apparu Himal, le responsable du bungalow numéro cinq. Qu'est ce qu'il était sympa celui-là, toujours poli, très doux, parlant un excellent anglais. Il avait toujours un petit mot gentil pour elle, quand il était convoqué par Kamel avec les autres responsables de bungalow du labor camp.

Après une première invitation d'Himal qu'elle n'avait pas su refuser, Saya avait peu à peu pris l'habitude de prendre le café ou le thé avec lui et ses amis à la pause déjeuner de midi quand il ne travaillait pas, puis elle avait décidé un beau jour de venir déjeuner avec eux. Cela lui changeait les idées. Elle s'évadait un petit moment, pour se retrouver au Népal.

Himal lui parlait alors d'Himalaya, de Sindhulpalchok, de récoltes et de troupeaux, d'organisations humanitaires, de la révolution, de ses parents et de sa petite sœur, tous trois disparus, de plein d'autres choses toujours avec cette même voix lente, calme, tendre et douce.

Jagat, lui, parlait de Yangani ; à un moment ou à un autre, toujours, tout le temps, toutes ses conversations revenaient vers elle.

« Quelle chance elle a » songeait alors Saya «d'être aimée ainsi ! ».

Basnet, toujours révolté, dont l'extrémisme radical lui faisait souvent peur, fustigeait quant à lui, à longueur de diatribes enflammées le pouvoir corrompu des prétendus révolutionnaires de Katmandou ou l'exploitation planifiée par la famille régnante watarie de pauvres recrutés à vil prix dans des pays, Népal en tête, ne pouvant ou ne voulant plus les nourrir.

Avec eux, Saya ne s'ennuyait pas ; elle voyageait, rêvait, se révoltait ; et, pour tout dire, il y avait aussi ce regard d'Himal sans cesse posé sur elle, un regard si doux, si tendre, dont l'intensité chaque jour un peu plus grande devenait si forte, qu'à chaque fois qu'elle le croisait, elle ne pouvait s'empêcher d'en être chavirée, celant du mieux qu'elle le pouvait tout au fond de son cœur le trouble qui alors l'assaillait.

Chapitre 3 : Abdallah

Judith pensait ; dans son bel appartement de fonction perchée au dixième et dernier étage de la tour Al Majnoun, confortablement assise dans un large fauteuil d'osier, enfouie au plus profond d'admirables coussins multicolores, verre de jus d'orange à la main, Judith se laissait submerger par le flot de couleurs embrasant les cieux du golfe persique dans une exploration méthodique, on aurait presque pu dire scientifique, tant les nuances en étaient variées, de toutes les teintes imaginables du rouge à l'orangé, nacarats réinventés par les lumières subtilement changeantes du soleil couchant.

Judith pensait.

Elle pensait aux quatre mois écoulés depuis qu'elle avait posé pour la première fois ses pieds aux ongles si délicatement vernis sur la terre désolée du Watar, ce pays où la multiplicité et le gigantisme des travaux publics ne semblaient avoir été conçus que pour dompter une nature irrémédiablement hostile à l'homme et faire reculer toujours un peu plus loin le désert.

Comme souvent, son caractère et sa formation d'ingénieur conduisaient Judith pour peu qu'elle se décidât à un peu d'introspection dans le tumultueux débordement d'activités et la consommation peu commune d'énergie qui caractérisaient l'ordinaire de ses journées, à ordonner sa réflexion autour de deux thèmes : travail et amours ; des amours résolument plurielles, prises au sens large, puisque cela pouvait tout aussi bien concerner, selon l'actualité du moment, les circonstances et les dispositions de son tempérament, la famille, les amis ou les amants ; à vrai dire le plus souvent, cela ne concernait d'ailleurs que la famille et les amis…

Commençons par le travail, se décida Judith.

Alors là, pensa-t-elle, n'ayons pas peur des mots, c'est du super ! On s'approchait même du grandiose. Merci Bronson ! Cela dépassait en effet tout ce qu'elle avait pu connaître jusqu'à présent, pont grec, centre mémoriel Klerk - Mandela et autre centrale nucléaire chinchuanaise.

Tout s'était enchaîné somme toute assez facilement. Elle avait tout d'abord dompté l'atrabilaire Beauclair, le peu charismatique responsable de Léonardi au Watar. Cela ne lui avait guère pris plus de trois petites semaines tant elle avait dans sa boîte à outils personnelle tout ce qu'il fallait pour cela, professionnalisme fondé sur une solide technicité bien sûr mais aussi et surtout cette remarquable capacité d'écoute et de compréhension des besoins souvent mal formulés par son chef, qu'elle pouvait résumer sans risquer la caricature d'une courte phrase : « Vite, fort et bien ».

Elle avait pris tout en douceur la direction de sa petite équipe de trois dessinateurs – projeteurs, tous trois frêles philippins à l'exquise courtoisie si joliment désuète, conquis en un tour de main par sa gentillesse, son charme, sa présence de tous les instants à leurs côtés, dès lors que ceux-ci en exprimaient le besoin.

Rectifiant d'entrée avec eux et d'ailleurs sur leurs propositions qu'un Beauclair débordé et sous pression n'avait pas su entendre auparavant, quelques plans plus qu'approximatifs, elle avait fait gagner à Léonardi beaucoup de temps et pas mal d'argent.

D'un tempérament naturellement sombre et ombrageux, Beauclair était devenu méconnaissable au contact de Judith, apaisé, confiant, serein, presque léger. Son air jusque-là continûment bourru avait disparu comme sous l'effet d'un profond enchantement. Il y a de la sorcellerie là-dessous pensaient certains contremaîtres, ceux que Beauclair avait pris le parti pour l'exemple d'houspiller sans cesse lors de ses visites de chantier. C'est à peine si maintenant, il n'allait pas jusqu'à leur taper dans le dos ! Une nouvelle ambiance, qu'on eût presque pu qualifier d'agréable, régnait désormais dans le petit monde des bureaux et sur le chantier.

C'est d'ailleurs sur le chantier que Judith passait maintenant le plus clair de son temps, non qu'elle négligeât le travail d'étude et d'analyse qu'elle effectuait, raison d'être de sa présence chez Beauclair ; au contraire elle y excellait, donnant toujours à son équipe clés et solutions leur permettant de coucher sur papier et sur plan des directives souvent abruptes qu'elle savait rendre compréhensibles et intelligibles, les transformant en consignes dont la forme et l'élégance facilitaient grandement la réalisation. Elle avait l'art de transformer un vague projet, quelquefois juste une idée, en solutions techniques viables, traduites graphiquement dans des esquisses puis des plans d'une lumineuse simplicité. Mais pour arriver à cette clarté, à cette évidence, il lui fallait sentir le chantier, s'en imprégner, s'en inspirer.

Elle y passait de longs moments discutant avec les cadres, les contremaîtres, les ouvriers. C'est cet aspect-là de son job qui lui plaisait le plus. Difficile, se disait-elle, de faire plus cosmopolite, plus bigarré, plus multiculturel. Dans une même journée, Judith pouvait discuter avec des libanais maronites ou des égyptiens coptes à la tête des entreprises sous-traitantes, s'entretenir avec des contremaîtres musulmans maghrébins, saluer les ouvriers pakistanais hindouistes, animer une réunion de travail avec des cadres français agnostiques et des britanniques athées pour finir par la traditionnelle réunion d'un quart d'heure tous les soirs à dix-huit heures chez Beauclair, dont toute la religion n'avait jamais pu se résumer qu'à sa prestigieuse école d'origine, Polytechnique, et à son fabuleux réseau d'anciens élèves.

Ce qu'appréciait aussi Judith, c'est qu'elle continuait à apprendre, à s'enrichir tous les jours. On en était désormais à la phase d'excavations du futur SRT situé en bord de mer, dans un sol redoutablement sablonneux auquel elle n'avait, jusqu'à présent, jamais été confrontée. Le chantier était tout en terrassement, en déblais, en étais. Il fallait rabattre les nappes, sécuriser l'ensemble en posant clôtures et merlons, construire aussi les ponts provisoires destinés à maintenir les réseaux au-dessus de la zone d'excavation. Le Soft Rail Transit system, tramway sur quelques centaines de mètres au centre de Ba'adek et à l'arrivée au futur stade Idhad, restait avant tout un métro dont les tranchées en cours seraient remblayées pour former les dix kilomètres de tunnels qu'il emprunterait dans trois ans.

Judith étudiait soigneusement les analyses des bureaux d'études géotechniques précisant calculs et recommandations pour les soutènements des parois de la fouille, afin de prévenir tout risque d'effondrement. Elle analysait avec minutie les rapports des géomètres contrôlant que ce qui avait été construit correspondait bien à ce qui avait été pensé, conçu et voulu. Et tout cela donnait pour la première fois à Judith un regard sur la totalité d'un chantier de la conception au contrôle de sa réalisation.

C'était exaltant.

Et puis, au-delà du boulot, il y avait eu cette surprenante rencontre avec Abdallah, le prince héritier du Watar !

Imaginez-vous Omar Sharif dans Lawrence d'Arabie, c'était tout Abdallah, se disait émue Judith à chaque fois qu'elle pensait à lui, autant dire pour être franc tout le temps, même la nuit dans des rêves qu'elle qualifiait rétrospectivement elle-même, troublée, en se les remémorant, d'un peu osé.

La première rencontre avec Abdallah avait été fracassante. Elle lui était littéralement tombée dans les bras. Quand elle y pensait, elle en rougissait encore. La faute à ce satané Beauclair. Il avait hurlé son nom dans un cri suraigu aux tonalités jusqu'à ce jour inconnues, dominant sans peine mais non sans effort le brouhaha pourtant assourdissant de l'aéroport. « Mademoiselle Eisenberg ! » avait-il crié, alors même qu'elle débarquait de l'avion de la Watari Airlines pour pénétrer dans le vaste hall du Ba'adek International Airport. Le hurlement de Beauclair l'avait déstabilisée, regardant dans la direction d'où lui semblait provenir ce cri hystérique venu d'un autre monde, elle s'était pris les pieds dans sa valise, avait glissé et aurait sans doute lourdement chuté, si elle n'avait été happée par deux bras solides et vigoureux la rattrapant in extremis, l'attirant sur une poitrine agréablement parfumée, recouverte d'un tissu de soie à l'incomparable blancheur, instantanément agréable au contact de la peau de sa joue droite. Elle s'était redressée confuse, son abondante chevelure, redevenue sauvage ne lui laissant plus que l'œil droit pour apprécier le ridicule fini de la situation.

« Excusez-moi, monsieur » avait-elle balbutié, sans doute émue, à la réflexion, par l'immédiate et fort troublante concordance de leurs phéromones respectives.

« Je vous en prie, mademoiselle, si j'osais, au risque de paraître goujat, je vous dirais que tout le plaisir a été pour moi ! » répondit le séduisant inconnu dans un impeccable anglais oxfordien. Judith, ayant enfin réussi à canaliser sa chevelure, se sentit rougir des pieds à la tête, ne sachant trop que répondre.

« Voulez-vous que je vous dépose quelque part, mademoiselle, ma voiture et mon chauffeur m'attendent ? » reprit le bel inconnu.

« Non, non merci, monsieur » balbutia trop rapidement Judith dans un réflexe légitime d'autodéfense, mais mon dieu, qu'il sentait bon, s'était-elle surprise à penser, ajoutant aussitôt pour atténuer un refus qu'elle eût souhaité moins brusque,

« On m'attend, vous voyez là-bas ce monsieur, c'est mon futur patron ».

« Dommage, dommage, excusez ma curiosité, mais qu'est ce qui vous amène au Watar, mademoiselle euh … ? »

« Eisenberg, Judith Eisenberg, je vais participer à la construction du nouveau métro, celui qui desservira le stade Idhad »

« Ah très bien, parfait. Et bien mademoiselle Eisenberg, je vous souhaite un excellent séjour au Watar, j'espère que j'aurais le plaisir de vous revoir. Voici ma carte, n'hésitez pas à m'appeler, si vous avez besoin de quoi que ce soit. Au revoir mademoiselle »

Grand, élégant, svelte, dans une somptueuse djellaba de soie blanche, des cheveux peut-être plus noirs encore que ceux de Judith, Abdallah s'était éloigné d'un pas lent et assuré, immédiatement suivi par deux hommes à l'impressionnante carrure, habillés à l'occidentale.

Beauclair avait déboulé comme une furie dévastatrice et Judith enfoui la carte de visite d'Abdallah, sans la lire, l'y oubliant, emportée dans le tourbillon de ses premières journées au Watar.

La deuxième rencontre avec Abdallah, quinze jours plus tard, puis les suivantes, avaient été tout autres. Elle était tombée amoureuse d'un prince, comme une gamine de quinze ans n'en rêverait pas ; elle n'en revenait d'ailleurs pas elle-même, et dieu que c'était bon !

* * *

Subjugué, Abdallah écoutait Boris Godounov.

Certes Modeste Petrovitch Moussorgski, aux ressources techniques un tantinet limitées, n'avait jamais été le plus doué des compositeurs d'opéra de sa génération ; l'intéressé lui-même ne l'avait du reste pas véritablement contesté, portant sur lui dans les rares moments de répit que lui laissaient ses effroyables crises d'épilepsie, toutes régulièrement noyées dans des torrents de vodka, un jugement qui se voulait lucide, empreint d'une grande modestie, trait de caractère si élégamment assorti au prénom qu'il portait; réalité tant soit peu contestable que Rimsky Korsakov, croyant comme toujours bien faire, avait d'autorité réécrit une bonne partie de son œuvre ; il fallait bien reconnaître aussi, dans le même ordre d'idées, que la minceur du livret pourtant extrait d'une œuvre magistrale de Pouchkine, un tsar assassin et usurpateur, Boris Godounov, conduit à abdiquer car incapable de mettre un terme à la famine accablant son peuple, semblait d'une minceur presque affligeante ; pourtant, malgré tout cela, force restait de constater qu'on était en présence d'un authentique chef d'œuvre, rompant avec tout ce que l'on avait pu connaître jusque là, rupture radicale, étrange chose venant d'ailleurs, inconnue, jamais entendue jusqu'à présent dans toute l'histoire de la musique, bref, en un mot comme en cent, une véritable révolution. La singularité de l'ensemble confinait au génie ; et puis il y avait les chœurs, ces chœurs russes magiques, de toute beauté, âpres, pathétiques, dont l'ampleur inégalée atteignait au sublime, au divin, des chœurs grandioses qui emportaient Abdallah loin, dans un autre monde, remuant toujours en lui ce quelque chose d'unique, émotion mystérieuse, proche de l'extase, qu'il n'avait jamais su retrouver ailleurs, ni chez le tonitruant Wagner, ni chez le grand Verdi, ni même dans aucun des plus somptueux joyaux réunis de la musique classique.

Quelle bonne idée, ce serait de produire Boris Godounov à l'opéra de Ba'adek, se dit Abdallah. Il faudrait qu'il en touche un mot à son père, l'émir, et à ce bon Hassan, le tout nouveau ministre de la communication et de la culture. Oui, décidément, ce serait une excellente idée de faire venir quelques-uns des meilleurs chanteurs d'opéra de la planète ; il pensait bien sûr à l'ineffable, l'inégalable, l'insurpassable ténor

Raimondo Ruggieri dans le rôle titre de Boris, à l'exquise et voluptueuse soprano Inès Donatella dans celui de la fille chérie de Boris avec, pourquoi pas, ce sulfureux Von Bleuman comme chef d'orchestre, l'homme aux mille maîtresses et naturellement, aucun nom ne pouvait lui venir à l'esprit autre que celui-là, le très original et très avant-gardiste John Deemons comme metteur en scène, avec comme limite qu'on l'empêcherait bien sûr, en cette noble terre d'Islam, qu'il fasse jouer, comme pour sa dernière production de Londres, ses cantatrices nues.

Une telle distribution, cela ne devrait pas manquer de cachet et, osons le dire, d'un certain panache.

Le téléphone sonna.

Abdallah coupa à regret l'opéra de Moussorgski pour prendre aussitôt l'appel. C'était Judith. Elle l'appelait pour confirmer leur rendez-vous du soir ; apparemment la réunion avec Beauclair s'était terminée dans un délai plus que raisonnable.

Judith, ma petite fée européenne, s'extasia Abdallah après avoir raccroché, dans un élan dont la puissance était décuplée par la résistance que continuait à lui opposer la belle, mais dont il percevait chaque jour l'affaiblissement.

Pour tout dire, Judith l'avait sorti de l'ennui.

Destiné à succéder à son père, l'émir Jaffar ibn Hamid Al Banim, quand celui-ci en aurait décidé ou plus vraisemblablement à sa mort, Abdallah, prince héritier consciencieux s'était attelé à la tâche sans trop discuter, sans trop de difficultés, non plus, par devoir. Après de brillantes études économiques et financières rondement menées en Grande Bretagne et aux Etats-Unis, les premières responsabilités étaient très vite venues, tout aussi vite avalées et dominées, aux côtés de son père, à différents postes du conseil de gouvernement. Jaffar dirigeait seul avec les quelques ministres et conseillers qu'il voulait bien s'adjoindre, nommant qui bon lui semblait avec une prédilection certaine pour les membres de sa famille ou de sa tribu; un peu plus expérimenté, Abdallah avait pris la convoitée présidence des fonds souverains wataris, immense manne prélevée sur la rente pétrolière et gazière du pays, destinée à être investie dans l'immobilier et les plus belles entreprises de l'économie mondiale, ces grandes multinationales aux sièges le plus souvent situés aux Etats Unis ou en Europe, comme Léonardi dont le Watar ne détenait pas moins de quinze pour cent du capital.

Discipliné, Abdallah continuait, conformément aux souhaits de son père, à se préparer du mieux possible à sa succession, sans exaltation particulière toutefois, ni réelle attirance pour la fonction, prisonnier de son hérédité, un brin étonné par la férocité des jeux de pouvoir qu'il découvrait engageant à l'échelle d'une petite élite mondiale l'avenir de l'humanité tout entière, un temps surpris, maintenant blasé, par l'incroyable cynisme qu'il y fallait déployer dont les conditions d'attribution au Watar de la coupe du monde 2034 n'avait été qu'un avatar supplémentaire. Il pouvait en parler en connaissance de cause, ayant vécu toute cette affaire au premier rang, en tant que président de la fédération watarie de soccerball, l'argent de l'émir valant les plus beaux dossiers du monde, en tout cas ceux des principaux pays concurrents du Watar dans la course à l'organisation de la prestigieuse épreuve, États-Unis et Japon en tête.

Il avait trouvé quelques consolations notamment avec le soccerball, un sport certes pourri par l'argent, mais qu'il continuait néanmoins d'apprécier. Il en avait trouvé aussi comme membre actif et influent des divers comités d'organisation des nombreuses manifestations sportives voulues par le Cheikh Jaffar pour développer encore plus la notoriété internationale de l'émirat, grand prix de formule un de Ba'adek, coupe asiatique d'athlétisme et autres grands prix de tennis ou tournois de golf, toutes épreuves aussi richement dotées les unes que les autres ; il est vrai qu'on n'en était pas à une raquette de diamant ou à une coupe en or massif près.

Abdallah s'était également investi dans la culture, son goût pour la musique et la littérature, notamment celle un peu libertine, coquine et friponne du dix-huitième siècle français, l'y prédisposant tout naturellement, soutenant avec brio auprès d'un émir un temps récalcitrant, la création d'un musée aujourd'hui de réputation mondiale, l'IWPM, l'International Watari Panarabic Muséum, riche de ses échanges avec les plus importants musées de la planète comme le Louvre, le Guggenheim ou le MOMA dont il venait de faire exposer à Ba'adek, les plus belles œuvres du regretté Sasquia.

Tout cela lui permettait de voyager beaucoup, tout particulièrement en Europe qu'il appréciait énormément, où joignant le plaisir au travail il pouvait échapper un moment à la société watarie dont le conformisme et les principes religieux et moraux surannés lui pesaient.

Mais malgré tous ces dérivatifs, Abdallah s'ennuyait ferme, son avenir désespérément tracé devant lui, sans aucune échappatoire possible.

Il s'ennuyait souvent jusqu'au moment où Judith avait surgi comme une trombe dans sa vie. Des femmes, avant Judith, il en avait connues de multiples, chacune éphémère trophée dont il se lassait bien vite. Riche prince, futur émir du Watar, cultivé et raffiné, il n'avait eu aucun mal à attirer autour de lui une nuée de courtisanes; mais, cela ne durait jamais bien longtemps, quelques mois tout au plus et puis c'était fini.

Jaffar l'avait obligé aussi à prendre femme(s). Aïda et Karima étaient ses deux premières épouses, pas désagréables d'ailleurs, deux vraies petites princesses du désert, mates et brunes, gracieuses et fières, d'excellentes familles. Abdallah savait qu'il lui faudrait en prendre d'autres selon la coutume, un souverain watari digne de ce nom se devant de posséder de nombreuses épouses et ... beaucoup de dromadaires. Il respecterait la tradition.

C'est alors que Judith était arrivée.

Depuis leur première rencontre à l'aéroport de Ba'adek, il n'avait cessé de penser à elle. Il avait gardé assez longtemps en tête son parfum capiteux, se le remémorant, respirant la soie de l'étoffe à l'endroit même où elle avait, déstabilisée par sa chute, instinctivement blotti sa tête, là posée au creux de ses pectoraux, y laissant une douce effluve ; il n'avait renvoyé le vêtement à la blanchisserie du palais qu'au bout de quelques jours...

On lui avait apporté toutes les informations souhaitées. Les services de renseignements du Watar étaient mondialement réputés pour leur professionnalisme, une réputation loin d'être usurpée. Au bout d'une semaine, il savait à peu près tout d'elle. Il relut la fiche, oubliant de remettre Boris Godounov.

Judith Eisenberg, française, vingt huit ans, soit six ans de moins que moi, d'origine juive, diantre, si l'émir mon père savait ça ! , non pratiquante, quoique le père soit rabbin en France, conflit de génération peut-être, supputa-t-il, ingénieur organisation méthodes à Léonardi, ça tombe bien ça ! Léonardi appartient en partie au Watar. Je connais bien son président, Ferdinand de Leusse, et ce brave Walter Bronson, mon copain de promotion d'Oxford. Comment a-t-il pu me battre d'un misérable et lamentable centième de point pour la place de major celui-là, ça restera toujours pour moi un mystère. Mais quel fameux coureur de jupons, le bougre !

Suivaient sur la fiche, l'adresse de Judith au Watar, celle de son bureau, ses numéros de téléphone personnel et professionnel, l'indication du chantier pour lequel elle travaillait ; cette dernière information, Abdallah la connaissait déjà; elle la lui avait confiée, si fraîche, si naturelle à l'aéroport, les cheveux tout ébouriffés, ajoutant à son charme une excitante touche de sauvagerie. Judith venait au Watar construire le SRT.

La fiche précisait qu'elle avait connu peu d'hommes, semblant reléguer les amours à un rang secondaire, loin en tout cas derrière son métier et les nombreuses possibilités de découverte d'autres peuples, d'autres comportements, d'autres cultures qu'il lui offrait. Comment les services secrets pouvaient-ils savoir qu'elle avait connu peu d'hommes, s'interrogea Abdallah, ils m'étonneront toujours ! La fiche précisait pour finir la rubrique rose que pour l'heure Judith était libre, semble-t-il, de toutes attaches amoureuses …

Abdallah n'avait pas pu attendre bien longtemps.

Il avait appelé Judith deux semaines à peine après leur rencontre à l'aéroport. Il se rappelait très bien leur première conversation téléphonique. Elle avait décroché assez rapidement, au bout de deux sonneries. Le portable n'est donc pas perdu au fond du sac de la séduisante demoiselle, avait-il instantanément pensé.

« Allo ! » avait-elle chantonné d'une voix claire, douce et mélodieuse.

« Bonjour mademoiselle Eisenberg, je suis Abdallah, vous vous rappelez, votre sauveur de l'aéroport ! »

« Mais bien sûr que je me rappelle ! » avait-elle répondu, très vite, presque trop vite comme si elle s'attendait à son appel, ajoutant, après un court instant de silence « Je m'en rappelle très bien, Abdallah ! »

« Comment allez-vous, votre installation s'est elle bien passée, mademoiselle ? »

« Très bien mais cessez de me donner du mademoiselle à tout bout de champ, appelez-moi Judith. Quand je dis que je vais très bien, pour tout vous dire, je suis quand même un peu perdue, je n'ai pas encore tout à fait assimilé l'intégralité des coutumes de votre beau pays, Abdallah ! »

« Je vous appelais un peu pour ça, Judith, je me disais que je pourrais peut-être guider vos premiers pas au Watar, un peu comme à l'aéroport somme toute, mais cette fois-ci en vous faisant découvrir un peu de mon pays ? Qu'en pensez-vous ? Ce prétexte vous paraît-il acceptable ?   Comment   dire, convenable ? ».

Judith avait répondu dans un grand éclat de rire:

« Tout   à   fait   acceptable et   parfaitement convenable ! Quand commençons-nous ? »

* * *

Les différents bâtiments de la ferme perlicole s'étageaient en pente douce sur le coteau qui descendait vers la mer.

Le lieu, inhabituel au Watar, pays plat et désertique, constitué pour l'essentiel de regs entrecoupés de quelques hautes falaises tabulaires, formait au bord du golfe persique une parenthèse enchantée de fleurs, de palmiers et de verdure, encerclée par l'infini des dunes de sable du désert.

Abdallah y avait convié Judith à dîner.

Ils s'étaient vus et revus à de multiples reprises depuis leur premier échange téléphonique.

Leur complicité immédiate s'était vite transformée en une réciproque séduction. Abdallah dès la première rencontre avait littéralement sidéré Judith en lui expliquant qui il était. Elle avait cru tout d'abord à un canular de potache attardé, à tel point qu'Abdallah avait dû pour la convaincre aller chercher son passeport dans la voiture ! Cette révélation avait permis à Judith de comprendre la présence à l'aéroport des deux étranges gorilles à oreillettes, gardes du corps qui suivaient Abdallah dans tous ses déplacements à l'étranger. Elle expliquait le respect certes discret mais bien réel témoigné à son égard par les wataris lorsqu'il reconnaissait leur prince dans les endroits publics qu'il lui avait fait découvrir. Elle s'était rappelée alors des propos de Bronson parlant de Baninou. Ce Baninou-là, c'était bien Abdallah, prince héritier de la monarchie watarie, celui avec lequel elle passait désormais le plus clair du rare temps libre que lui laissait le chantier du SRT.

Abdallah lui avait fait découvrir le Watar.

Il avait commencé d'abord par les souks de Ba'adek, puisque Judith avait insisté pour commencer par là. Celui qu'elle préférait de tous, c'était le vieux souk. Elle y avait découvert, stupéfaite et séduite, les marchands de faucons.

La fauconnerie, art de la chasse, constituait au Watar un signe particulièrement raffiné de distinction et de noblesse, lui avait expliqué le prince. Elle savait maintenant parfaitement distinguer ces faucons qui la fascinaient quand elle en voyait lancés par leurs maîtres gantés, du haut de leurs chevaux, bras et poing gauche dressés fièrement vers le ciel. Les faucons partaient alors comme des flèches prendre de l'altitude pour fondre en de vertigineux piqués sur une compagnie d'étourneaux affolés ou un lièvre zigzaguant terrifié dans le désert. Le Shaheen aux ailes gris foncé, ventre beige et marron, le Saker, plus élancé et le Jiyr, le plus gros des trois à la superbe couleur noire et blanche n'avaient plus aucun secret pour elle.

Judith passait des heures au vieux souk traînant Abdallah de boutiques en boutiques. Elle y dénichait mille merveilles, roses des sables, truffes du désert, pots, vanneries, céramiques ouvragées, épices, miel et tissus ; c'est bien simple, on y vendait de tout, tentes bédouines et dromadaires, compris !

L'odeur du safran, de l'ambre et du musc se mêlait partout aux vapeurs d'encens, aux arômes de carthame. Les nombreuses boutiques de parfum embaumaient les allées animées du souk de senteurs de jasmin, de rose et de santal.

Abdallah lui avait offert un superbe petit poignard de sultane incrusté de pierres précieuses étincelantes au large pommeau, à la lame courbée, fine et lumineuse afin lui avait-il dit qu' « à chaque fois que tu le prendras dans ta main, tu saches que tu peux d'un seul geste, d'un seul regard, comme avec ce poignard, continuer à me percer et à me déchirer le cœur ! ».

Les bras encombrés de paquets, Judith et Abdallah finissaient toujours leurs courses à la terrasse du grand café central du souk, fumant la sisha, mélange de tabac et de molasse parfumé selon le goût de chacun à la noix de coco, à la menthe, à l'abricot ou à la rose, buvant un qahwa accompagné de petites pâtisseries sucrées ou de dattes, dans de minuscules tasses sans anse, café à la belle couleur beige, au goût si particulier où affleurait une subtile pointe de cardamone.

Abdallah lui avait aussi fait découvrir la mer intérieure de Salammbâ, bras de mer s'enfonçant loin dans le désert ; il lui avait fait admirer les arabesques architecturales du palais d'Al Shahal, plusieurs sites archéologiques autour d'Al-Kutura et la tour Bilal, édifiée en 1910 par le Cheikh Qassim Ibn Mohammed Al Banim, son lointain ancêtre, fondateur de l'émirat du Watar.

Il lui conta l'histoire de son pays, le règne des Abbassides jusqu'en 1250, la conquête portugaise, les quatre siècles de domination ottomane, puis les rivalités tribales d'où sa famille, encouragée par les britanniques, avait péniblement émergé au XIXème.

Il lui avait parlé de sa foi, de son attachement à un islam modéré, tolérant et ouvert, loin du wahhabisme, cette doctrine d'interprétation rigoriste du Coran, prônée encore par quelques chefs de tribus du désert, hostiles à l'évolution des mœurs et dont se réclamait quelquefois encore, quoique dans une version sensiblement édulcorée, Jaffar, l'émir, son père.

Il l'enchanta la conduisant dans quelques-unes des réserves naturelles proches de Ba'adek admirer la course des fines gazelles, s'extasier devant les envols de flamands roses, s'effrayer des lézards, serpents et autres scorpions, fixer immobiles, aux pieds d'acacias nains ou perdus dans des buissons d'épineux, des iguanes aux allures de petits dinosaures, la laissant s'attendrir un moment devant un mignon hérisson.

Quatre mois passèrent ainsi …

Les aléas de leurs emplois du temps respectifs, moins chargé somme toute pour Abdallah que pour Judith, même si fonctions obligent, il continuait à passer beaucoup de temps à l'étranger, faisait que c'était la première fois qu'elle acceptait une invitation à dîner. Etait-ce les aléas du calendrier ou autre chose ? Au cours de ces derniers mois, elle avait résisté, non qu'Abdallah lui déplut, mais tout simplement parce qu'il était prince. Un prince en outre polygame, certes sans harem, sans enfant (pour le moment), mais néanmoins doté de deux épouses tout ce qu'il y avait de plus officielles. Large d'esprit, cela heurtait quand même un peu les convictions de Judith. A quoi bon entamer une histoire sans issue, se disait-elle ?

Abdallah, épris, patientait, énamouré, lui jouant une cour si charmante qu'elle s'en pâmait d'aise. Elle en jouait un peu, se prenant parfois pour la Shéhérazade de son beau prince arabe, le séduisant pour le faire impitoyablement languir. Elle abandonnait ainsi parfois son corps dans une attitude de molle langueur, pleine de charme et de grâce, cultivait par l'inclinaison de sa tête, la douceur de ses gestes, la pose nonchalante d'une main aux longs doigts effilés et aux ongles admirablement dessinés, une feinte faiblesse qui faisait frémir d'aise Abdallah. Puis elle le congédiait, le regardant d'un œil sévère dès qu'il témoignait un peu trop d'empressement, manifestant une soudaine froideur qui ne faisait qu'aviver le désir du prince. Pourtant, dans ce jeu du chat et de la souris, la résistance tout d'abord résolue, décidée, parfois opiniâtre de Judith avait faibli inexorablement, bien avant que mille et une nuits et mille et un jours ne fussent écoulés.

Les rêves qu'elle faisait la troublaient de plus en plus. Elle s'y voyait toujours attachée au bel Abdallah. Favorite du harem de son prince, elle accourait sans attendre, soumise dès qu'il l'appelait pour se donner à lui dans des ardeurs dont elle ne s'imaginait pas même capable. Elle se réveillait extatique, émergeant de son rêve, ce rêve toujours identique, ce rêve merveilleux qu'elle faisait maintenant chaque nuit, ravie de le retrouver, s'y plongeant avec délices, pour dès le lever se blâmer de demeurer dans la réalité de leurs rencontres aussi froide avec son prince qu'elle était brûlante avec lui dans leurs étreintes nocturnes imaginaires.

Abdallah l'avait une nouvelle fois invitée à dîner, « une destination surprenante, peu connue ! » avait-il ajouté dans un sourire mystérieux qui l'avait une nouvelle fois faite craquer.

Elle n'avait plus voulu résister. Elle avait accepté. « Advienne que pourra ! » s'était-elle exclamé intérieurement, fataliste.

Il était passé la prendre chez elle, ne lui dévoilant leur destination finale qu'une fois qu'elle fût installée bien confortablement dans la somptueuse limousine. C'était le petit port de pêche d'Al Khorah, à dix kilomètres à peine de Ba'adek, plus précisément à la ferme perlicole.

Le lieu était magique.

Ils furent accueillis avec fougue et entrain, dans la moiteur du jour finissant, par le gérant de la ferme, un petit monsieur chauve, sympathique, tout ridé, tout buriné, nommé Afid qui leur expliqua avec passion le fonctionnement de la ferme.

On y cultivait dans une écloserie, immense bouillon de culture, des naissains, ensemble compact de larves nageuses d'une huître aux lèvres argentées, répondant à la fière dénomination de *pinctada maxima*. Au bout de six mois d'incubation, immergés dans des nurseries d'aquariums grandes comme des piscines, les naissains récoltés, délicatement placés dans des filets accrochés autour de longs cordages, étaient fixés pour quelques semaines, trois ou quatre, jamais plus, la durée dépendant de leur stade de développement, au fond des eaux de la calme baie d'Al Khorah à quelques encablures à peine des premiers bâtiments de la ferme.

Puis dès que leur taille l'y autorisait, on retirait les jeunes huîtres pour les ouvrir, une à une, prenant bien garde de ne pas les abîmer, plaçant un petit morceau de bois entre les coquilles afin que l'huître restât ouverte. Un nucleus, petit morceau du manteau d'une belle huître ayant déjà atteint le stade adulte, était alors délicatement inséré dans chacune des jeunes huîtres issues des naissains, en ayant sectionné auparavant d'un geste habile et sûr, travail minutieux, à haut risque, exclusivement dévolu aux femmes, l'intérieur de la future huître perlière.

Une fois l'huître refermée, on la trempait et retrempait durant trois semaines dans une eau douce fréquemment renouvelée, opération indispensable à la reconstitution des chairs altérées lors du traumatisme provoqué par l'incision.

Chacune des huîtres remises en mer pouvait alors sécréter la nacre qui entourant le nucleus allait progressivement former la perle. Une fois la maturation terminée, au terme d'un processus qui du naissain à la perle prenait deux ans, les huîtres ramenées à la ferme, étaient ouvertes, les perles récoltées, classées par taille, par couleur, par orient.

Afid conduisit Abdallah et Judith dans la salle dite de conservation où des centaines de bocaux de toutes tailles, du tout petit au très grand, renfermaient des myriades de perles soigneusement conservées dans des solutions salines à température contrôlée, placées sous des lampes destinées à harmoniser les teintes, à aviver les éclats. La vaste pièce, déferlement et ravissement de couleurs, explorait toutes les nuances du blanc laiteux au gris le plus foncé, au milieu desquelles éclataient parfois les plus étonnants bleutés qui puissent s'imaginer. Après l'atelier de perçage, constitutif d'un art véritable, tant le geste devait être précis pour que le poinçon ne cassât pas irrémédiablement la perle, la visite s'acheva dans la salle d'exposition de la ferme, sous un déluge de colliers, de bracelets, de pendentifs, de boucles d'oreille, tous plus merveilleux les uns que les autres.

Judith était transportée par tant de beauté, celle du port, celle de la ferme dans l'ocre si doux des murs de pisé de ses longs bâtiments bas, celle de la petite baie tranquille ouvrant sur l'infini de la mer, celle, bien sûr, des perles éclatantes de nacre, multicolores, toute une profusion de beauté qui la faisait presque chanceler, dérivant là où comme le dit si bien le poète tout n'est plus que luxe, grâce et volupté.

Dans ce lieu, Judith sentait, troublée, éclater toute sa féminité. Ses gestes en devenaient naturellement sensuels, tout en courbes et arrondis, caressant de ses mains longues et fines, parfaitement manucurées les rangs de perles multicolores. Sa démarche chaloupait, danseuse suspendue, aérienne et gracieuse, sur de hauts talons aiguilles qui accentuaient encore les lignes parfaites, la forme délicate de ses charmantes et interminables jambes.

Afid, la visite finie, arracha sans pitié Judith à son extase.

Il lui fit gravir suivie d'Abdallah un vaste escalier menant au premier étage du bâtiment principal de la ferme, sur une terrasse dominant la baie d'Al Khorah. La nuit tombait. Les dernières barques rentraient chargées de nasses que l'on devinait remplies d'huîtres perlières. Habilement manœuvrées par leurs pilotes, elles glissaient lentement jusqu'aux emplacements qui leur étaient réservés dans l'anse naturelle servant de port à la petite flottille de la ferme.

« Prenez place, leur dit Afid lorsqu'ils eurent accédé à la terrasse en rotonde, désignant d'un geste ample de la main la petite table ronde éclairée par une douce lumière tamisée, le dîner va être servi. Pour ma part, j'en ai fini. Permettez-moi de me retirer et de vous souhaiter une excellente soirée ! ».

Un ange passa.

Judith écoutait, les yeux plongés dans les yeux d'Abdallah, les battements de son cœur.

Il rompit le charme sans le vouloir, maladroit, déstabilisé par la force d'un désir dont il tentait une fois encore vainement de maîtriser les effets face à une Judith rayonnante, moulée dans une robe légère de taffetas blanc qui semblait émettre de la lumière, halo brillant, l'entourant d'un éclat qu'aucune des perles de la ferme n'aurait jamais su atteindre.

Abdallah cassant l'envoûtement où s'était perdue Judith, parla.

« La visite t'a-t-elle plu, Judith ? ».

Elle entrouvrit la bouche, laissant un éclat de lumière scintiller sur la nacre de ses dents, opina lentement de la tête, mais ne dit rien. Abdallah reprit, laissant passer l'instant.

« Je m'en doutais, je savais que cela te plairait », dit-il en souriant, ajoutant aussitôt,

« Sais-tu, Judith, que bien avant le gaz, bien avant le pétrole, le Watar était déjà connu dans le monde entier pour le commerce de ses perles. Avec l'arrivée de la perliculture japonaise sur le marché mondial dans les années trente, toute cette activité, pêche et commerce, qui mobilisait plus de la moitié de la population active du Watar à l'époque a complètement périclité, assommé en quelques années par cette nouvelle et rude concurrence. Les conditions d'exploitation étaient alors bien plus dures que celles que nous a décrites Afid. La technique de pêche communément appelée « la plonge » consistait à remonter les huîtres par des plongées successives en apnée, méthode comportant bien des risques, dont les accidents de décompression provoquant surdités et graves troubles mentaux, certains pouvant aller jusqu'à la folie, n'étaient pas les moindres. Sur la côte, dans les ports, on y croisait souvent ce que vous appelez, je crois, chez vous, dans le midi de la France, des « fadas », anciens pêcheurs de perles devenus déments qui ne pouvaient plus survivre que grâce à la charité publique et à l'aumône. Ces temps-là étaient bien difficiles. Les campagnes de pêche duraient de longs mois. Les bateaux appareillaient en avril, rentraient en septembre. Un bon Nakhuda, le capitaine du navire, savait en fonction du soleil et des étoiles, de la couleur, de la profondeur de la mer, du relief marin déterminer l'emplacement des lits d'huîtres. Les plongées pouvaient alors débuter au lever du soleil parfois jusqu'à cinquante mètres de profondeur, rythmées par les chants lancinants des équipages. L'équipement était sommaire, un pince-nez en os ou en bois, un panier en fibre de palmier ou de noix de coco, parfois des protège-doigts pour se préserver des rochers et des oursins ; et les plongeurs pouvaient alors descendre sous l'eau à l'aide de cordes auxquelles étaient suspendues de lourdes pierres. Leur plongée durait à chaque fois deux à trois minutes ; les meilleurs plongeurs pouvaient en faire près de soixante par jour. Le travail était pénible, épuisant. Ils n'en revenaient pas tous. Aujourd'hui, heureusement Judith, ces temps sont révolus. Le Watar a su évoluer et Jaffar, l'émir, mon père, a réussi à assurer après l'âge d'or des perles, grâce aux richesses pétrolières et gazières que la nature a su placer dans notre sous-sol, un second âge d'or pour cette génération et, Inch'Allah, si dieu le veut, pour toutes celles nombreuses qui lui succéderont ! ».

Abdallah s'arrêta un instant. Judith l'écoutait maintenant attentivement, mais bizarrement, la lumière qui l'entourait quelques minutes auparavant avait disparu, brusquement envolée, comme évaporée. « Il est vrai que la nuit est maintenant complètement tombée » pensa Abdallah. Il reprit imperturbable :

« Comme les nombreuses statues d'huîtres ou de perles qui parsèment nos villes, cette ferme perlicole, hommage du vice japonais à la vertu watarie, nous permet de perpétuer la mémoire de nos ancêtres. C'est la seule du pays. Cela en fait toute la valeur ! »

Abdallah s'interrompit de nouveau.

Deux maîtres d'hôtel stylés, aux gestes cérémonieux, déposèrent devant Judith et Abdallah les entrées. D'un geste lent, ils retirèrent les cloches de métal argenté, « peut-être même est-ce vraiment de l'argent tout comme les couverts » se prit à penser Judith. Ils découvrirent simultanément, coordonnant leurs gestes dans un parfait synchronisme, caviar, homard, langoustine et autres saumons fumés. Un troisième maître d'hôtel surgi de nulle part remplaça les deux précédents qui semblaient s'être évanouis en un éclair dans la nature. Il proposa à la seule Judith un champagne millésimé qu'il versa dans une élégante flûte de cristal. Judith regarda les bulles dorées s'affoler contre les parois du verre, pendant que le maître d'hôtel remplissait d'eau celui d'Abdallah. Il disparut, comme ses deux collègues précédents, sans un bruit. Abdallah et Judith trinquèrent.

Le repas continua paisible.

Judith laissait parler Abdallah, l'encourageant d'un regard quand il semblait vouloir s'arrêter. Elle admirait pendant ce temps là les kyrielles d'étoiles accrochées à la voûte céleste. La température était douce ; il pouvait bien faire vingt-deux degrés. Elle n'avait pas eu besoin de recouvrir ses épaules nues de l'étole de soie qu'elle avait, prudente, emportée, nouée à une anse de son sac à main, effet de la douceur de la nuit ou peut-être des trois coupes de champagne témérairement bues, s'effraya-t-elle un instant. Peu lui importait finalement, elle se sentait si bien.

Abdallah avait une conversation toujours intéressante. Elle aimait quand il lui racontait de façon plaisante, imagée et humoristique, les devoirs de ses multiples charges, notamment comme président des fonds souverains ou patron du soccerball wataris, posant toujours un regard acéré, lucide et critique qui l'amusait souvent, la déstabilisait parfois, sur les multiples turpitudes avouées ou cachées des grands de ce monde qu'il s'obligeait à côtoyer, semblait-il quand il lui en parlait, sans attrait ou goût particulier, plus par discipline et par respect pour ses futures fonctions.

Abdallah écoutait bien aussi. C'est comme cela qu'il l'avait séduite, même si avec constance et application, une application qu'elle sentait faiblir de plus en plus, Judith pensait le lui avoir soigneusement caché.

Avant de rentrer, Abdallah proposa à Judith de faire quelques pas le long de la côte.

Pour descendre l'escalier, talons aiguilles et champagne aidant, elle accepta son bras. Elle le sentit s'électriser à son contact. Implacable, elle le lâcha au pied de l'escalier. Ils traversèrent en silence la vaste et verte pelouse descendant jusqu'à la mer. Une petite plage de sable fin, tout blanc, épousait les contours de la baie jusqu'au port de pêche d'Al Korah, tout proche. Judith retira ses chaussures et les gardant à la main par leurs brides s'engagea résolument sur la plage, suivi par Abdallah. Celui-ci n'arrivait plus que très difficilement à arracher son regard des pieds de

Judith, perfection ourlée aux ongles policés subtilement vernis qui le transportait d'aise. Abdallah aurait voulu les serrer dans ses mains pour les caresser, pouvoir y déposer tous les baisers du monde.

Après quelques minutes de marche, Judith, pieds nus dans une eau dont la température, à vingt-huit degrés, plus élevée que celle de l'air, créait un contraste somme toute assez saisissant, se retourna brusquement vers Abdallah qui l'attendait sagement au bord du rivage, lui lança à dessein un de ses profonds regards qui le déstabilisait tant et lui dit, impitoyable, le contact de l'eau ayant inexplicablement brisé, sans qu'elle ne sache pourquoi, les quelques restes du puissant sortilège qui l'avait transportée si loin au cours des premières heures de la soirée et faillit l'emporter :

« Abdallah, il se fait tard, tu m'as offert une soirée magique, mais demain le devoir nous attend, il faut que je me lève aux aurores ! Rentrons ! »

Ils rentrèrent.

Abdallah déposa à minuit passé, Judith au pied de son immeuble, sortit de la voiture pour lui ouvrir la porte, l'accompagna jusqu'à l'entrée. Judith lâcha deux rapides baisers au bas de sa joue droite, presque sur la commissure de ses lèvres, pensa « Incroyable ! C'est la première fois que je l'embrasse en quatre mois ! » Et de peur de faiblir après cette première concession, la porte de l'immeuble ouverte, s'enfuit dans le hall pour s'engouffrer, non sans avoir auparavant salué Abdallah d'un petit geste de la main, dans l'ascenseur.

Judith se déshabilla.

Elle se glissa nue dans ses beaux draps de soie, s'endormit rapidement et rêva d'Abdallah toute la nuit … comme d'habitude.

* * *

Saya était étonnée.

C'était bien la première fois que Kamel lui donnait rendez-vous au labor camp si tard.

Vingt-trois heures, ce n'était pas dans ses habitudes. Elle pénétra, nerveuse, dans l'enceinte du camp, échouant à plusieurs reprises avant de réussir enfin à passer correctement son badge devant le lecteur de cartes commandant l'ouverture du portail. Elle n'avait pas eu beaucoup à marcher. Le camp se trouvait à peine à deux cent mètres de son immeuble, si proche qu'elle pouvait le voir de la fenêtre de sa chambre.

Elle s'engagea dans la grande allée centrale du camp. Tout semblait endormi. Frémissante, elle croisa Himal et Basnet, qui la saluèrent étonnés. Elle avait dîné à la cantine avec eux le soir même, ne leur disant rien de son rendez-vous nocturne avec Kamel.

L'atmosphère s'était adoucie comme toujours en cette heure tardive. Un léger vent caressait son visage. Himal lui avait souri en lui souhaitant bonne nuit.

Elle pensa à Budi, que faisait-il à cette heure-là. Et d'ailleurs, quelle heure pouvait-il être à Cilaclap ? Elle s'embrouilla un peu dans le décalage horaire. Etait-ce bien trois ou quatre heures qu'il fallait ajouter à l'heure de Ba'adek ? Peu importe ! Pensa-t-elle. Que ce soit trois ou quatre heures de plus, Budi devait dormir. Elle l'imagina dans son lit, en position fœtale, comme toujours, son souffle régulier ponctuant doucement le silence de la nuit ; elle l'entendait respirer dans sa tête.

La lune était pleine, énorme, impressionnante. Elle éclairait le camp d'une lueur blanchâtre, fantomatique. Elle reconnut la grande Ourse. L'étoile du berger étincelait, éclipsant de son éclat, l'éclat des étoiles environnantes. Le ciel du Watar n'était pas celui de Java. Elle avait eu un peu de peine à s'y retrouver au début.

Pour ne pas être en retard Saya accéléra le pas vers le lieu de rendez-vous, cet étrange petit bâtiment qui servait d'appentis situé tout au fond du camp, là où l'on entassait les quelques outils destinés à pourvoir aux rares travaux d'entretien des allées et des bungalows que le président de la WBCC ordonnait parfois quand, sans doute contraint et forcé, il devait faire visiter le camp à quelques autorités wataries ou internationales. La grande porte coulissante de verre de l'appentis était ouverte.

Saya entra.

Il faisait sombre.

Elle attendit que ses yeux se soient accommodés à la pénombre. Elle vit Kamel. Il l'attendait tranquillement assis sur une chaise tout au fond de la pièce, le bout rougeoyant de sa cigarette éclairant par intermittence son visage.

Cette pièce, c'était un véritable capharnaüm de bric et de broc. Il y avait des outils en bazar, partout, des petits, des grands, des connus, des inconnus, jonchant le sol, posés contre le mur, pelles, pioches, bêches, tronçonneuses, perceuses… Un pesant établi de bois longeait tout un mur. De multiples étagères alignaient un bric à brac de pots de peinture défraîchis, de boîtes regorgeant de clous, de vis, de boulons qu'on imaginait sans peine rouillés. Le tout était d'une saleté repoussante, recouvert de poussière et de toiles d'araignée, l'air, malgré la porte grande ouverte, lourd et pesant, l'odeur pestilentielle, difficilement supportable.

« Te voilà, ma belle ! » ironisa Kamel « déshabille-toi ! » dit-il rudement.

Quelle mouche avait-elle pu le piquer, pensa Saya en obtempérant.

« Colle-toi là-bas contre la porte, bras levés, paumes des mains bien à plat sur la glace. Oui, comme ça, c'est bien ma belle ! »

Le contact de la vitre de la porte coulissante sur ses seins et son ventre nus, la fit instantanément frissonner.

Kamel la regarda, admirant le cambré de sa croupe, la finesse de ses épaules à demi recouverte par une abondante chevelure noire, fine et lisse, si soyeuse au toucher. Saya l'entendit se lever de sa chaise. Il s'approcha lentement, la saisit par la taille et la força à se hisser sur la pointe des pieds.

Il la pénétra brutalement, lui arrachant un cri de douleur. Au bout de plusieurs minutes, hébétée, elle vit Himal se diriger lentement vers l'appentis. Arrivé à quelques mètres, stupéfait, il reconnut soudain Saya, nue, plaquée contre la vitre. Il s'arrêta sur place, tétanisé. Il vit Kamel. Sous les coups de boutoir devenus plus enragés encore de la brute qui avait perçu sa présence, Saya, désespérée, le regard perdu dans le vide, ne put se contenir.

Deux grosses larmes grossirent dans ses yeux fixes et coulèrent sur ses joues. Elle croisa une dernière fois, dans un état second, les yeux embués, le regard abasourdi d'Himal qui rebroussa très vite chemin et partit.

Une fois satisfait, d'une satisfaction odieuse, Kamel la repoussa brutalement.

Saya se rhabilla.

Elle sanglotait encore.

L'homme dominateur sortit de l'appentis. Il alluma une cigarette, se tourna vers Saya, et lui lança avant de partir, la laissant seule, désespérée dans le noir :

« Tu vois ma belle, c'est encore mieux quand il y a des spectateurs. J'ai bien fait de demander à Himal de venir ce soir ! Il faudra que l'on recommence très vite ! »

Saya se mordit les lèvres au sang, pour ne pas hurler.

Chapitre 4 : Walid

« Mieux vaut voir de tes yeux qu'être informé par autrui ».

Le proverbe watari l'avait décidée.

Le proverbe et sans doute aussi, quoiqu'elle s'en défendît, la magnifique parure de perles livrée chez elle au lendemain de la soirée à la ferme d'Al Khorah, somptueux cadeau d'Abdallah, collier, boucles d'oreilles, bracelet de cheville et perle incontestablement destinée à prendre place sous forme d'un piercing plus ou moins sophistiqué au creux de son nombril.

Elle avait accepté sans trop se poser de questions le voyage « initiatique et mystérieux », que lui avait proposé un Abdallah arborant des faux airs de vrai conspirateur. Cela tombait bien, Judith avait toujours voulu découvrir le désert.

Beauclair lui avait accordé sans barguigner les quelques jours de congés nécessaires, ajoutant de sa petite voix flûtée :

« Cela va vous faire le plus grand bien, Judith, Changez-vous un peu les idées. Le chantier avance pas mal, ne vous en faites pas. Prenez le temps de vous reposer et revenez-nous en forme. Ce n'est pas le boulot qui manquera à votre retour ! ».

* * *

Juchée sur un dromadaire dodelinant, le visage enfoui dans un chèche grège, Judith, distinguait au loin, par-delà la plaine calcinée, immense et plate, à travers un fin brouillard, une falaise lointaine, bleuâtre, posant au soleil couchant, ou peut-être n'était-ce qu'un nuage, un mirage, vertige né de la chaleur étouffante qui l'assaillait.

La petite caravane de sept bêtes, cinq montures et deux animaux de bât, voguait vers leur première étape au pas lent et cadencé des dromadaires lancés sur la piste de latérite rouge. La nuit tombait vite ici ; elle serait là dans une heure, à peine. Judith et Abdallah, accompagnés de deux convoyeurs prudemment armés de fusils et d'un des nombreux domestiques du palais attachés à la personne du prince, avaient bien pu parcourir une quarantaine de kilomètres depuis leur départ. Quittant les steppes jaunes d'herbes sèches au sud de Ba'adek, leur parcours capricieux, tout en méandres et en détours, les avait fait d'abord côtoyer plusieurs heures durant, les hautes dunes de sable du désert d'Al-Qubba, contrée sauvage, jaune et nue, inlassablement désolée par la flamme dévorante du soleil.

Ils avançaient plus vite maintenant, en ligne droite, dans une vaste étendue de pierrailles et de silex, au sol craquelé et poussiéreux, uniformité dévastée, dont la monotonie était parfois rompue par un surprenant attroupement de baobabs défoliés surgissant au détour de la piste pour abriter une mare d'eau sale, silhouettes inattendues, austères, frêles et décharnées, survolées de quelques corbeaux à large plastron blanc piaillant dans les airs. La falaise bleuâtre qu'avait pressentie Judith plus qu'elle ne l'avait véritablement vue n'était plus un mirage. Elle se distinguait maintenant nettement, montagne pierreuse et massive.

Ils arrivèrent, vingt minutes plus tard, au pied d'un éperon rocheux. Une source chantait, ombragée d'une végétation luxuriante, palmiers, cocotiers, arbres en fleurs aux délicats coloris bleu, orangé, jaune, rosé et violet. Toute une faune aquatique grouillante de larves, de têtards, de minuscules poissons multicolores peuplait le « fleuve » qui disparaissait au bout d'une dizaine de mètres sous les blocs chaotiques de roches, entamant sans doute là, le long et périlleux cheminement souterrain qui le mènerait jusqu'à la mer.

Boubacar et Amine, les deux convoyeurs, Abdoul, le domestique déchargèrent les dromadaires et les deux bourricots. Judith en profita pour aller se rafraîchir à l'onde fraîche de la source, goûtant l'ombre du couvert avec délice après la morsure des soixante dix degrés endurée en plein soleil, emmitouflée dans son burnou.

Dès que le campement fut installé, la nuit tomba, d'un seul coup, comme le rideau sur une scène de théâtre, apportant une fraîcheur bienfaisante et apaisante. Abdoul fit un feu pour entamer les préparatifs du repas. Abdallah conduisit Judith dans la plus grande des deux tentes. Elle baissa la tête pour y pénétrer, Abdallah soulevant haut, à bout de bras, la porte de toile épaisse pour la laisser entrer.

Eclairée par trois lampes à huile suspendues, les cinquante mètres carrés au sol étaient recouverts d'épais tapis moelleux. Judith et Abdallah ôtèrent leurs chaussures à l'entrée de la tente. Celle-ci était découpée par des tentures de voiles opaques en trois espaces distincts. Au fond à gauche, la « chambre » de Judith, à droite, celle d'Abdallah, le reste constituant en quelque sorte la pièce principale. Une petite table basse avait été installée, leurs affaires personnelles soigneusement déposées dans chacune des chambres.

Judith s'isola un instant pour se changer et se débarrasser de cet horrible burnou qui avait si bien protégé son corps des ardeurs solaires. Elle réapparut quelques minutes plus tard, dans un nuage de parfum léger et vaporeux, le charme et l'éclat de ses yeux lumineux et profond rehaussés d'une ligne noire de khôl. Cela lui donnait soudain un aspect farouche et excitant. Elle avait opté pour un pantalon moulant et un body sensuel en diable. Elle resplendissait dans toute la plénitude de sa féminité. Abdallah apprécia en connaisseur. Abdoul leur servit un dîner composé pour l'essentiel de Kessera et de dattes arrosés de lait aigre-doux et d'un thé très fort.

Ce qui devait arriver, arriva, puisque Judith l'avait voulu ainsi.

Sa première nuit dans les bras d'Abdallah combla tous ses désirs, bien au-delà même de ce que ses rêves prémonitoires avaient pu lui laisser entrevoir au cours de ces dernières semaines.

Le voyage reprit.

Comme le dit Théodore Monod, dans le désert, la carte n'explique rien.

On n'y peut faire de projets ni tracer de routes, trop précisément détaillés. On suit bien sûr de puits en oasis, de mares croupissantes en flaques d'eau stagnante, les sentiers chameliers et les pistes caravanières millénaires. Mais on ne sait jamais ce qui vous attend le long du chemin, au bord de la route. L'imprévu y règne en maître, faisant soudain surgir de paysages lunaires accidentés, vision infernale et dantesque de fin du monde, une étonnante carte postale d'oasis, palmeraie collée à une dune, où des femmes voilées portent nonchalamment des outres remplies d'eau en guidant de leurs cris un âne bâté à travers des mimosas en fleur.

De petites villes ruinées, cimetières pleins et maisons vides, aux murs de pierres sèches effondrés, oubliées depuis des centaines d'années, achèvent de se détruire, croulant sous le soleil, refuges de vipères, nids de scorpions.

Du désespoir torride et recuit s'avance, soudain, sauvage, une troupe d'Oryx, fières et altières antilopes des sables engoncées dans leur belle robe blanche, qui s'arrêtent un instant, l'œil aux aguets, brouter quelques rares touffes de graminées ou les pousses d'un buisson épineux, attentives au moindre bruit, s'enfuyant à l'approche de la caravane dans des claquements de sabots fracassant avec éclat le sol rocailleux, déchirant le silence moite et lourd du désert, brandissant à l'horizon leurs longues cornes effilées, étendards qu'on suit longtemps avant qu'ils ne disparaissent peu à peu dans un interstice du terrain.

Judith glissait d'émerveillement en émerveillement, tous les sens en éveil, aiguisés, avivés, excités chaque nuit par le raffinement tout oriental qu'Abdallah, de caresses troublantes en baisers langoureux, apportait à son plaisir, déchaînant et débridant une sensualité qui s'épanouissait, s'exaltait, s'affermissait de jour en jour. Judith se sentait femme, comme elle ne l'avait jamais été auparavant, se prenant à regretter de n'avoir plus vite cédé à cette attirance, magnétisme étrange qu'exerçait sur elle avec une force toujours plus grande, au fil des jours passés dans le désert, son beau prince arabe.

S'exacerbait alors dans ce délire des sens, la fascination de Judith pour cet horizon sans limite, ces contrées sauvages, hostiles et vierges où personne n'ose s'aventurer loin des routes connues, cette vie sans superflu, suspendue à l'eau que l'on transporte, à celle que l'on espère trouver, le soir venu.

Un désert vide le jour, peuplé la nuit d'étranges rencontres, sur les bords d'un oued où ne coule plus qu'un mince filet d'eau, autour d'un feu allumé, près d'une mare, lorsque, émergeant des zones tribales, du fond des âges, griots, marabouts, sorciers ou simples chameliers avec qui l'on partage l'espace d'un soir le campement, prennent le temps de conter aux veillées à leurs interlocuteurs éphémères, leurs histoires fantastiques de trésors oubliés, de cités perdues, de princesses abandonnées, là où miracles, magie et sortilèges s'entremêlent, entrelaçant leurs récits jamais écrits, sans cesse réinventés autour des mêmes légendes transmises de génération en génération, d'abondantes digressions, paroles qui flattent, qui chantent, qui dansent, qui redessinent un univers et vous transportent loin des bruits et de la furie du monde.

Judith se rappelait surtout ce vieil homme mince et sec, noueux comme l'arbre tors, dont le visage profondément ridé ne lui donnait plus d'âge.

Cela pouvait être au troisième ou au quatrième soir de leur voyage quand ils arrivèrent épuisés, perclus de fatigue, anéantis de chaleur à l'oasis d'Ibn Salam. « C'est Mathusalem en personne qui ce soir vient nous voir » avait-elle glissé tout bas dans un tendre murmure à Abdallah, apercevant le vieil homme déambuler pittoresque au milieu du campement, marmottant des prières, récitant quelques versets, chapelet à la main.

Quand tous s'étaient réunis à la fin du repas, dès qu'il avait commencé à parler, sa voix douce comme une caresse avait fait cesser les conversations ; il avait raconté dans un silence de cathédrale, entrecoupé parfois par le hululement d'une chouette, le glapissement d'un renard chasseur sorti la nuit venue de son terrier ou le craquement plus fort d'une grosse branche se cassant sous la morsure du feu ardent éclairant la veillée, il avait raconté l'histoire du fou de Layla.

Le vieil homme parlant fixait du fond de ses pupilles dilatées Judith la belle princesse à la peau claire, aux yeux transparents comme l'eau pure, ainsi qu'il l'avait désignée à l'ensemble de l'assemblée en la saluant, s'inclinant devant elle avec profondeur, majesté et gravité, avant de venir s'asseoir pour prendre place dans le cercle entourant la flambée ; ses yeux exorbités dans les yeux fascinés de Judith, il s'égarait rarement de son regard, arrêtant de temps en temps son récit pour qu'Abdallah assis aux côtés de Judith le lui traduisît à voix basse, penchée contre elle, presque à la toucher, son souffle tiède caressant agréablement son oreille. Mathusalem parla longtemps, un long temps qui passa trop vite, moment fugitif de magie, d'envoûtement, d'enchantement qui tint Judith ensorcelée à sa parole, douce et mélodieuse, arrimée à ses yeux brillants, au fond desquels luisaient parfois d'étranges lumières.

Il racontait l'histoire de Layla promise à Qua ; Qua, qui aimait Layla d'amour fort ; Qua, prince poète qui voulant en chanter les louanges écrivit un poème à sa beauté et la perdit, contrevenant, emporté par sa fougue et son indicible passion, aux rudes traditions des rudes tribus bédouines. Le mariage, à raison du sacrilège, fut annulé et Layla emportée loin, aux confins d'un désert inconnu et inaccessible, protégé, par dieu, de la folie des hommes.

Le vieil homme berçait et charmait de sa voix Judith qui s'hypnotisait l'écoutant, yeux mi-clos, ayant glissé sa main dans la main d'Abdallah qui lui déclarait, devenu Qua alors même qu'elle était Layla :

« Layla, t'oublier ? Je ne puis.

Ton amour tient mon cœur assujetti ; sous ton emprise, je suis désir, je suis tremblement, je suis déchirure.

Layla, dans tes yeux, c'est l'amour qui se montre ; et mon âme torturée, qui ne pense qu'à toi, exulte et tremble tout au long du jour, tout au long des nuits; je suis passion, je suis désir ; tellement ton amour Layla me domine qu'entre peau et os doucement il chemine. S'il y eut jamais un seul homme sur cette terre, exténué d'amour, je suis Layla celui-là, car sans toi, autour de moi, tout se vide.

Tu as fait ton chemin d'épines et de roses jusqu'au fond de mon cœur ; quand pour toi il languit, sitôt mon œil fond en pleurs. Layla, ô toi, passion, qui viens et t'insinues aux tréfonds de mon être, que ton absence m'est cruelle, comme ton regard craintif, le regard glacé de ton départ forcé, m'a brisé l'âme. Layla, jour après jour, jusqu'à l'épuisement de mes forces, je te chercherai encore, partout où les pas me peuvent porter ; ta disparition en moi a déchaîné l'émoi, le chagrin, la tourmente. Qui est pris de l'amour de Layla n'y peut échapper ; de toi acharné mon cœur me retient prisonnier.

Layla, je suis fou de toi, je suis le pauvre, je suis le triste, je suis le fou de Layla ; et si jamais ne te retrouve, mon cœur me suicidera.»

Elle était Layla, il était Qua. Conquise par cet homme et la terre de ses ancêtres, Judith aurait voulu que le temps s'arrêtât là.

La nuit fut magique, irréelle, inondée d'un bonheur sans nom, arraché aux dieux, dérobé au plus profond de leur sommeil tout là-haut au sommet de l'Olympe.

Au bout du voyage, au bout de la quête, au bout du chemin où elle avait découvert ce que le monde lui avait jusqu'à présent celé, cette fois-ci, c'est Abdallah qui la rappela avec tendresse à ses devoirs ; le retour était proche. La fin annoncée de son abandon la rendit mélancolique, tendre et docile, résignée à quitter un temps seulement ce désert et à ne plus jamais quitter cet homme qui lui avait fait connaître les plus belles sensations de sa toute jeune existence.

* * *

Himal évita Saya pendant plusieurs semaines.

Quand il la croisait, il détournait les yeux, le cœur brisé, aussi malheureux qu'elle.

Il comprit son erreur au fil des jours. Basnet et Jagat surpris de ce brusque rejet, lui décrivait une Saya désespérée, accablée d'une détresse dont les deux hommes ne pouvaient en rien comprendre l'origine. Après avoir pendant de longues semaines ignoré Saya, coupable à ses yeux de s'être laissée séduire par une abominable brute, Himal comprit ce qui s'était véritablement passé, le cynique chantage à l'emploi exercé par Kamel, sa terrible perversité de l'avoir convoqué là, à ce moment précis, pour lui signifier sa toute puissance sur Saya, l'humiliant devant lui, pour stopper net une idylle naissante dont Kris, complaisant, s'était fait l'écho auprès de lui, pour faire comprendre à Himal que Saya était à lui et à lui seul.

Himal comprit la peur du retour forcé en Indonésie qui avait envahi la jeune femme, sa faiblesse face à Kamel qui pouvait du jour au lendemain, comme d'ailleurs pour tous les autres, ouvriers, serveuses, secrétaires travaillant ou vivant au labor camp, la chasser, sans qu'elle n'y puisse rien, sans secours à espérer de personne, sans recours possible.

Quand il était seul, Himal y pensait sans cesse, hurlant de rage, s'anéantissant à la tâche, abattant un travail démesuré, autant que celui avec lequel Ali continuait d'accabler jour après jour Jagat, brûlant d'une indicible haine, inextinguible, impossible à assouvir, sans autre exutoire dérisoire et momentané que l'abrutissement à la tâche.

Il renoua avec Saya.

Sa trahison n'en était pas une. Elle ne lui devait rien, n'était nullement engagée envers lui. Il ne devait pas doublement la punir. Son cœur volait en éclats, quand il se forçait à l'ignorer. Lucide, il abandonna l'illusion dans laquelle il avait vécu ces dernières semaines, brisant le rêve d'union qu'avait fait naître chez lui la force croissante de leur désir, immense tendresse qu'ils se partageaient l'un, l'autre, mélange subtil d'attirance physique, de gestes, d'attention de tous les instants, de soutien face à une adversité endurée ensemble, loin de leurs pays, sans appui, seuls au monde.

Il porta alors sur elle, un nouveau regard, celui du compagnon d'infortune, se chargeant avec elle du fardeau, du secret de cette ignominie, refusant qu'elle baisse les yeux, la forçant à relever la tête, prenant sur lui, quand ils étaient seuls, ensemble chez elle où elle l'invitait désormais, voulant ainsi se faire pardonner le crime qu'elle n'avait pas commis. Il lui expliquait avec douceur, avec tendresse qu'il avait compris son attitude vis-à-vis de Kamel, qu'il l'acceptait.

Saya voyait aussi la haine dans les yeux d'Himal, cette haine pour le contremaître, chef du labor camp, cette haine pour Kamel qui grandissait chaque jour un peu plus, prête à s'allumer, à tout consumer.

Elle prenait peur à chacune des rencontres entre les deux hommes …

* * *

Abdallah écoutait Youssef.

À quarante six ans, fortune faite, l'homme, mince, aux cheveux courts, à la barbe effilée impeccablement taillée et aux yeux noirs de braise, avait accepté à titre bénévole la présidence du WIG, le Watari Investment Group, principale filiale des fonds souverains du Watar, spécialisée dans l'immobilier.

N'ayant aucun lien de parenté avec la famille royale, c'est son éclatante réussite qui avait séduit l'émir Jaffar. Encore jeune, il avait créé vingt ans auparavant, MBA en poche, la banque de crédit islamique du Watar, une institution qui permettait à ses clients de tout financer, certaines mauvaises langues allaient jusqu'à dire tout et n'importe quoi, maison, voiture, mariage, école, voyage jusqu'au téléphone portable et à l'achat de bijoux. Les prêts, réservés aux seuls wataris, toujours remboursés, puisque l'émir couvrait les éventuelles défaillances de ses sujets, ne donnaient lieu à aucun intérêt, juste la perception de commissions. Youssef, fort de ce premier succès, avait peu à peu érigé un véritable empire familial, dans lequel se retrouvaient, pêle-mêle, une compagnie privée d'aviation, basée à Londres, la prospère Britany Lag Jet, une société d'informatique américaine prestigieuse, l'I3S, une entreprise de design de yachts réputée, implantée à Monaco, Yauticaa, et quelques autres entreprises de moindre importance.

Homme humble et secret, il n'en possédait pas moins tous les attributs d'une insolente réussite, maison à Ba'adek, riad à Marrakech, pied-à-terre à New York, vaste appartement à Londres et un yacht de taille plus que convenable mouillé dans le port de Monte Carlo.

Quand il avait été nommé par l'émir président du WIG cinq ans auparavant, il avait sobrement répondu au journaliste d'Al Zamala, la chaîne d'information watarie télévisée par satellite, venu l'interviewer, s'étonnant qu'il ait refusé tout salaire.

« Je ne veux pas être rémunéré.

« Lorsque l'émir m'a demandé de diriger le fonds, j'ai accepté immédiatement cet immense honneur. Je me dois de servir mon pays. En faisant ce métier d'investisseur à l'étranger, je servirai la réputation du Watar et œuvrerai à son avenir en apportant un message de paix à l'attention de l'ensemble de la communauté internationale ».

Youssef était un passionné. Quand il rendait compte ainsi à Abdallah des prises de participation et des achats du WIG, impeccable dans sa robe traditionnelle de bédouin, coiffé du bonnet en crochet recouvert d'un voile blanc immaculé tenu par un double cordon noir, chapelet coranique dans la main gauche, il lui semblait faire de la politique au sens le plus noble du terme, une forme de diplomatie immobilière, en quelque sorte.

Abdallah écoutait Youssef détailler par le menu ses récentes acquisitions, pour l'heure axée sur des palaces, resorts cinq étoiles et autres hôtels de grand luxe, des Seychelles, à Paris, en passant par Chelsea et même par Cuba. Après l'immobilier de luxe, Youssef avait en accord avec l'émir et donc avec Abdallah, son fils, résolu d'investir dans le tourisme haut de gamme la petite bagatelle de deux milliards de dollars.

Abdallah écoutait d'une oreille distraite.

A la différence de Youssef, qu'il appréciait énormément au demeurant, pour la sincérité de son engagement et une certaine candeur qui le rendait touchant à maints égards, tous ces investissements ne le passionnaient guère.

Pendant que Youssef continuait imperturbable à parler, énumérant coûts, rentabilités et retours sur investissement avec l'expertise d'un spécialiste de la finance internationale, Abdallah pensait à Judith, à leur escapade, à leur union dans le désert, à l'intensité de leur désir, à ce flamboiement des sens qui en quelques jours avait subitement transformé Judith en lascive odalisque se livrant corps et biens à son amant magnifique. Douce, tendre, impétueuse, exaltante attirance métamorphosée par l'union de leurs corps et de leurs âmes, en une passion dévorante, apothéose d'émotions multiples qui la laissait sans voix tremblante entre ses bras.

Abdallah pensait à Judith pendant que Youssef, ne s'apercevant en rien de l'excitation intérieure qui commençait à l'assaillir, continuait à dérouler, impassible, son exposé.

Il était sûr de l'avoir trouvée, moitié et double, qui comblée par lui comblait tous ses sens. C'était elle, Judith, sans conteste possible, elle et aucune autre, nulle part ailleurs, et c'est bien là que résidait tout le problème. Comment faire comprendre cela à l'émir et à ses multiples épouses, dont la deuxième était la mère d'Abdallah ? Comment faire comprendre cela à Judith ? Il la voulait, blanche, juive, occidentale, femme parmi ses femmes.

Etait-ce seulement envisageable ?

Youssef avait fini.

Abdallah interrompit le cours de ses pensées pour le reconduire chaleureusement à la porte de son bureau. Il referma, songeur et soucieux, la porte derrière lui.

Il retourna s'asseoir dans le canapé de cuir crème dans lequel il aimait recevoir ses visiteurs, les installant dans de confortables fauteuils lui faisant face, séparé par une petite table permettant de poser papiers et documents. Il avait un peu de temps devant lui, son prochain rendez-vous, le vice-président de la fédération de soccerball que dirigeait Abdallah, son cousin Walid, également puissant président de la WBCC, n'arrivait que dans cinq minutes.

Il envoya un SMS à Judith « Je me languis de toi » n'osant ajouter physiquement et reçut presque instantanément la réponse « Moi aussi, vivement ce soir mon prince. J'ai hâte que tu me fasses frémir dans tes bras.»

Walid était à l'heure.

Abdallah coupa son portable.

Autant Abdallah appréciait Youssef, autant il se méfiait de son cousin qu'il savait vénal et fourbe, qu'il pressentait cruel.

Walid avait le physique de l'emploi. Dans sa dishdasha si blanche qu'elle paraissait vernie, la longue chemise traditionnelle des Al Banim, avec son profil en lame de couteau, barbe courte, pointue et noire, prolongeant un menton qu'on eût dit s'il n'avait été dissimulé sous le poil, en galoche, il faisait irrésistiblement penser avec ses petits yeux vicieux au vizir Iznogoud, celui qui voulait être calife à la place du calife. C'est vrai que Walid aurait d'ailleurs volontiers pris la place d'Abdallah, à la fédération de soccerball comme à la tête du fonds souverain, si celui-ci n'avait été l'héritier légitime de la pétromonarchie wataire, reconnu et adoubé en tant que tel par Jaffar dans la multitude de sa descendance mâle. Abdallah se perdait d'ailleurs souvent dans son chiffrage, un chiffrage que la vigueur de Jaffar continuait à soixante-huit ans bien tassé à faire encore évoluer.

« Avait-il maintenant vingt-et-un ou vingt-deux frères et demi-frères ? »

Il faudrait qu'il repose la question à sa mère Fatiah.

L'entretien ne s'éternisa guère.

Walid, tout miel, venait inviter Abdallah à une visite du chantier du stade Idhad, dont la WBCC était tout à la fois maître d'ouvrage et maître d'œuvre dans une confusion des genres si habituelle au Watar.

Abdallah accepta, comme il se devait.

Ils parlèrent aussi des derniers préparatifs du prochain tournoi international qui se déroulait trois semaines plus tard, une des nombreuses répétitions programmées, à échelle réduite, de l'organisation du futur mondial 2034. Pendant une dizaine de jours, le Watar accueillerait ainsi, outre le gratin de la fédération internationale, président Heinrich Blazer à sa tête, quelques nations prestigieuses du soccerball dont le Brésil, les Etats-Unis, l'Allemagne ou l'Argentine de la star mondiale incontestée Christi, meneur de jeu à l'insolent talent balle au pied, meilleur joueur de la planète depuis plusieurs années, icône et idole des foules.

Abdallah s'en réjouissait d'avance, avec un tel virtuose, ce serait un régal.

Walid prit congé avec une chaleur, comme toujours si excessive qu'elle en devenait gênante.

* * *

La paroi de soutènement s'était effondrée.

Sans signe avant-coureur, ni fissure, ni craquement préalable, elle était tombée d'un bloc, ensevelissant quatre ouvriers népalais sous des tonnes de gravats, pulvérisés sous les blocs de béton. Les secours rapidement arrivés sur place, aidés par Himal, Jagat, Basnet et tous les ouvriers présents sur le chantier auxquels s'étaient joints les ouvriers du métro avaient réussi à dégager au bout de longues heures, les corps écrasés, déchiquetés de leurs camarades, bouillies de chair et d'os sanguinolentes.

Judith était présente, accourue avec tous ceux qui travaillaient sur le chantier proche du SRT, le cœur retourné, elle avait apporté toute l'aide qu'elle avait pu, amenant eau, nourriture et réconfort aux ouvriers couverts de sueur et de poussière, ahanant, s'arc-boutant sur les dalles, piochant, creusant là où les chiens avaient perçu des présences, cherchant à sortir au plus vite les victimes du piège de pierres et de béton qui les avaient engloutis. Judith, au bord des larmes, avait vu le mince espoir de trouver un ou plusieurs survivants quitter les visages tendus, crispés face au chaos et à l'ampleur des débris à déblayer. Une fois les corps dégagés et conduits à la morgue, après que les constats eussent été réalisés par la police dépêchée sur les lieux, elle avait échangé quelques mots avec Himal et Basnet, abasourdis, révoltés par l'accident.

« Un accident prévisible, enrageait Himal, de toute façon, ils ne se préoccupent pas de notre sécurité, la seule chose qui les intéresse c'est de tenir les délais. Ils nous traitent comme des chiens. Ils ont la force, ils ont le droit pour eux. Nous sommes des sous-hommes, leurs esclaves. Malgré cet accident, ils ne changeront rien, leurs délais, ils les tiendront, le stade sera prêt en temps et en heure ! ».

Les victimes furent inhumées le lendemain, en présence des ouvriers à qui Walid avait accordé une autorisation spéciale d'absence de quelques heures.

Fervents musulmans, pratiquants sincères, les quatre hommes furent ensevelis selon les rites de leur religion, dans la dignité mais sans un mot, sans une parole bienfaisante de la WBCC, uniquement représentée par un obscur bras droit de Walid, représentée aussi par Kamel et quelques autres contremaîtres du chantier parmi lesquels l'absence d'Ali passait pour une énième provocation.

Judith, en accord avec Beauclair, avait tenu à assister officiellement, en tant que représentante de Léonardi, à la cérémonie pour témoigner de la solidarité du groupe auprès des ouvriers rudement atteints de la WBCC. Elle remit à Himal une enveloppe destinée aux familles des quatre malheureuses victimes, fruit de la collecte de fonds qu'elle avait tenue à organiser personnellement auprès des cadres, des employés et des ouvriers de Léonardi.

Sa présence avait surpris, le don, plus encore.

Himal, Jagat et Basnet l'avaient chaleureusement remerciée, la raccompagnant après la cérémonie jusqu'à sa voiture. Ils l'avaient invitée à dîner au labor camp, quelques jours plus tard. Elle avait accepté sans hésiter un seul instant.

* * *

Judith attendait le taxi dans le hall.

La nuit était tombée comme d'habitude, d'un seul coup.

Des lumières brillaient au large, puissants projecteurs embarqués traçant le flux incessant des tankers et des navires-citernes, ou simple fanal, lanterne de quelques boutres dansant la gigue le long du rivage dans des halos de lueurs blafardes, balises aveuglantes perchées sur d'énormes bouées flottantes arrimées tout au long du chenal ou phares du bout des digues dardant loin en mer leurs puissants jets de lumière pour indiquer l'entrée du terminal pétrolier.

Abdallah avait appris l'accident survenu au stade Idhad de la bouche même de Walid qui l'avait appelé pour annuler la visite prévue le surlendemain sur le chantier. Judith lui en avait longuement parlé le soir même, encore sous le choc. Il l'avait réconfortée du mieux qu'il avait pu.

Abdallah lui avait proposé quand elle avait évoqué l'invitation des népalais à laquelle elle avait décidé de se rendre, de la conduire au labor camp et de venir la rechercher après le repas. Judith n'avait pas voulu.

« Ne t'inquiète pas, lui avait-elle dit, je n'ai rien à craindre ! Je prendrai un taxi ». Abdallah insistant, Judith avait accepté que ce soit lui qui commandât le taxi et en réglât par avance la course.

« Comme ça tu n'auras pas de souci. Il te conduira, t'attendra sur place et te ramènera. Et tu pourras rentrer quand tu voudras ! ».

Il lui avait fait promettre de l'appeler s'il y avait quoique ce soit.

Judith avait promis, comme il se doit.

Le taxi arriva.

En fait, ce n'était pas un taxi, mais une voiture avec chauffeur. Judith sortit du hall. Le conducteur se présenta. Il s'appelait Farouk.

Farouk ouvrit avec déférence la porte arrière de la berline pour y laisser entrer Judith.

« Je vous conduis au labor camp de la WBCC, à Industrial Area. N'est-ce pas, Mademoiselle Eisenberg ? » Lui dit-il cérémonieusement.

« Oui, c'est bien ça ! » répondit Judith qui demanda presque aussitôt, étonnée,

« Farouk, c'est un prénom arabe, vous n'êtes pas d'origine arabe, pourtant ! »

« C'est exact mademoiselle, je suis Sri Lankais mais dans ma compagnie, quelles que soient leurs origines, les chauffeurs prennent un nom local. Le patron nous l'impose ; il dit que c'est plus rassurant pour les clients, surtout les clientes wataries. Si on conservait nos vrais prénoms, moi, mon prénom c'est Phuri, il paraît que ce serait moins bon pour les affaires. Un prénom comme Farouk, ça rassure ! »

« Et vos clientes wataries, la première fois qu'elles vous voient, elles doivent être surprises ? ».

« Oui, certaines d'ailleurs nous renvoient aussitôt. Mais c'est très rare. Comme dit le patron, quand elles ne vous renvoient pas, c'est gagné ! ».

Farouk démarra.

La circulation était fluide. Les lumières de Ba'adek s'estompèrent pour disparaître dès l'entrée dans Industrial Area. Judith, curieuse demanda à Farouk s'il se plaisait au Watar.

« Oh ! Je ne me plains pas Mademoiselle. J'ai la chance de travailler. Au Sri Lanka, il n'y a plus de travail. On est toujours en guerre les uns contre les autres, surtout avec les tamouls ». Il s'arrêta un instant, puis reprit :

« Mais vous savez les conditions de travail sont quand même difficiles. Je commence à six heures et je ne m'arrête pas avant vingt-trois heures. Quand je rentre, c'est à peine si j'ai la force de faire ma toilette et de me coucher ».

Judith lui demandant s'il vivait avec sa famille, vit dans le rétroviseur intérieur, les yeux de Farouk s'emplirent instantanément de quelques larmes bien vite essuyées d'un revers de la main.

« Cela fait plus de deux ans que je n'ai pas vu ma femme et mes enfants. Ils sont restés au Sri Lanka. Si je suis venu ici, c'est pour leur envoyer de l'argent ». Il se tut. Le reste du voyage se passa dans un silence pesant que Judith n'osa plus rompre.

Ils arrivèrent au labor camp.

Himal, Basnet et Jagat attendaient déjà Judith sur le parking.

Farouk descendit pour ouvrir la portière, mais il n'en eut pas le temps. Judith était déjà sortie de la voiture.

« Je vous attends ici Mademoiselle. Je vous souhaite une bonne soirée ».

L'accueil des trois hommes fut chaleureux.

Peut-être avaient-ils cru jusqu'au dernier moment qu'elle ne viendrait pas. Ils entrèrent dans le camp. Judith était stupéfaite par ce qu'elle voyait. Une dizaine de mobil homes très dégradés étaient répartis en désordre autour de deux longues allées qui se croisaient à angle droit au milieu du camp. Le tout respirait la crasse et la misère. Le moindre souffle de vent projetait dans l'air des nuages de poussière. Quatre pylônes électriques diffusaient une pâle lueur jaunâtre qui accentuait encore la tristesse des lieux.

Judith demanda à voir l'intérieur d'un bungalow pour se rendre compte. Passant devant les locaux administratifs, les sanitaires et la cantine, seuls bâtiments du camp à ressembler à peu près à quelque chose, ils se dirigèrent tous les quatre sans mot dire vers le bungalow numéro cinq, celui d'Himal, de Jagat et de Basnet. Quand Judith entra, elle n'en crut pas ses yeux.

Les vingt lits superposés répartis sur quatre colonnes absorbaient tout l'espace. Les lits du haut devaient se situer à peine à cinquante centimètres du plafond. Sur chaque lit, quelques sacs plastiques, un baluchon, plus rarement une valise, réunissaient les maigres affaires personnelles de chacun. L'atmosphère était lourde, pesante, la chaleur étouffante. Une odeur âcre de sueur vous prenait à la gorge. Quelques hommes dormaient dans l'étuve; d'autres allongés sur leur lit, feuilletaient distraitement de vieux magazines ou regardaient fixement sur leur partie de mur, celle confinée entre leur matelas et les lattes du lit au-dessus, les photos d'une femme, d'enfants, de parents laissés loin derrière eux. Himal fit rapidement les présentations. De l'unique fenêtre, laissée comme la porte, ouverte afin de créer un hypothétique courant d'air, on ne voyait rien, si ce n'était un autre mobil home, si près, à quelques mètres à peine, qu'il occultait complètement le champ de vision. Himal, Basnet et Jagat montrèrent à Judith où ils dormaient. Basnet occupait le lit situé tout en haut d'une des quatre colonnes, celle qui était la plus proche de la porte, Himal et Jagat étaient installés juste en dessous. Judith jeta un œil sur le petit Népal de Jagat qui lui parla de Yangani dont il décrocha vivement la photo pour la lui faire voir.

Judith était oppressée.

Comment pouvait-on vivre dans de telles conditions ? Elle n'en revenait pas. Elle sortit du mobil home suivie des trois hommes. Elle aspira une large goulée d'air tiède. L'odeur du bungalow lui collait à la peau, elle semblait s'être imprégnée dans toutes les fibres de ses vêtements.

« Si nous allions manger » dit Himal, « on a réussi à avoir une des trois petites salles de la cantine, on sera tranquille ! ».

La salle était effectivement tranquille, mais c'était une pièce aveugle, sans fenêtre, juste éclairée par quelques néons dont un clignotait dangereusement, prêt à rendre l'âme, créant d'étranges contrastes d'ombres et de lumières dans la petite salle dans laquelle Judith, Himal, Basnet et Jagat s'étaient installés avec Saya qui les avait rejoints, une fois leurs plateaux retirés au self service. Les trois hommes s'étaient cotisés pour que Judith n'eût rien à payer. Elle aurait bien voulu savoir combien cela avait coûté, elle n'osa le leur demander de peur de les froisser.

C'était manifestement un repas amélioré, mais même amélioré, il était loin d'égaler la délicatesse des principales spécialités culinaires wataries que lui avait fait découvrir Abdallah.

Bien loin des hoummous, ghuzi, Mottabel, Koussa Mahsi, Shawarma et Matchbous, aux antipodes de ces délices subtilement épicés, mélanges de pois chiches et de sésame, courgettes farcies et autres aubergines grillées. Il n'y avait pas non plus ces exquises viandes délicatement rôties, agneaux présentés sur d'immenses lits de riz entourés de pignons ou poulets grillés enveloppés de salade dans du pain arabe. Là, il y avait seulement un taboulé pour toute entrée, une viande, ragoût de mouton baigné de sauce, cuit et recuit, accompagné d'un riz gluant. Seul le dessert sortait du lot, authentique spécialité watarie, pour le coup, pudding parsemé de pistaches parfumé à l'eau de rose.

Ils avaient besoin de parler, Himal surtout.

Il parla, Basnet aussi. Saya écoutait, cherchant toujours le regard d'Himal. Jagat rêvait, décrochant parfois, pensant sans doute une fois encore à Yangani.

Himal et Basnet parlant, Judith s'effrayait et s'épouvantait de la misère sordide, plus morale que physique dans laquelle les tenait d'une poigne de fer, la WBCC. Elle apprit incrédule l'interdiction récente qui leur avait été faite de fréquenter les souks du centre ville, l'impossibilité qu'ils avaient, du fait de la loi, d'adhérer ou de se faire défendre par un syndicat, le mépris dans lequel les tenaient les contremaîtres ; elle s'étonna des amendes infligées au moindre prétexte aux ouvriers ; elle s'insurgea contre la diminution de salaires, pesta contre la confiscation des passeports et le montant des commissions prélevées chaque mois pour rembourser les sociétés d'intérim ; elle tempêta contre leurs conditions de travail, pleura une nouvelle fois communiant avec eux leurs quatre camarades disparus.

Parler à Judith leur faisait du bien.

Ils leur semblaient qu'elle les comprenait, son empathie chaleureuse les réconfortait. Cela fortifiait leur désir d'agir, de tenter quelque chose. Judith avait appris au cours de la conversation la parenté du président de la WBCC avec la famille régnante. Elle se promit, sans le leur dire, d'en parler à Abdallah. Il fallait faire quelque chose pour ces hommes-là.

Basnet prit la parole.

« Il faudrait qu'on établisse une liste de revendications et qu'on demande à voir le président » s'enflamma-t-il !

Tous approuvèrent.

Sur un coin de table, Judith et Saya, de concert, retranscrivirent les demandes des hommes à la WBCC, cahier de doléances plus que plate-forme revendicative. Quand Himal, Basnet et Jagat lurent, leur décision était prise ; Himal et Basnet iraient voir Kamel pour solliciter une audience auprès de Walid Al Banim, mais pas Jagat, aux prises déjà avec l'ignoble Ali, cela n'était pas la peine d'en rajouter. Il protesta, mais Himal comme Basnet ne cédèrent pas.

Le repas était fini depuis longtemps, les heures avaient fui comme des minutes. Ils se séparèrent, se promettant de se revoir bien vite.

Lasse, Judith monta dans la berline. Elle réveilla Phuri – Farouk en refermant la portière. Il la reconduisit chez elle.

Quand elle se coucha, il était presque trois heures du matin.

* * *

Cela leur prit une semaine.

Himal, Basnet et Jagat arpentèrent en tous sens le camp, ne ménageant ni leur temps, ni leur peine.

Chacun avait charge de trois bungalows, soixante collègues à rencontrer et à convaincre de la nécessité d'entreprendre quelque chose. Ils exposèrent à tous leur projet, expliquant, argumentant, plaidant inlassablement dans d'interminables dialogues impromptus avec les responsables de mobil – homes, dans des réunions improvisées à la hâte, à la cantine ou dans les bungalows, quelquefois sur le chantier, quand la vigilance des contremaîtres s'étiolait sous les assauts répétés du soleil.

Le choc du décès tragique des quatre ouvriers était encore dans toutes les mémoires ; les mesures discriminatoires prises contre les travailleurs expatriés, interdiction des souks, amendes et diminution de salaire, l'arrogance et le mépris des contremaîtres firent le reste. Presque tous se rallièrent et appuyèrent leur idée d'aller voir le président de la WBCC. Quelques-uns restaient toutefois réticents, prenant peur d'être renvoyés au Népal.

Kris étaient de ceux-là, fédérant les récalcitrants autour de lui, s'opposant systématiquement à toutes tentatives, de quelque nature qu'elle soit, proposées par Basnet ou Himal pour amadouer la direction.

« C'est peine perdue, disait-il avec calme et assurance, organisant le front des opposants, tout ce que vous tenterez sera irrémédiablement voué à l'échec. Ce n'est pas la main d'œuvre qui manque, prête à prendre notre place ! ».

Son discours simple et simpliste réussit à en convaincre quelques-uns, à en ébranler beaucoup, mais il n'en restait pas moins, que l'écrasante majorité des ouvriers était désormais derrière eux.

Kamel avait soupiré.

Il retournait sans cesse entre ses mains la demande d'audience auprès du président et la raison justifiant cette demande, la sécurité du travail.

Il jeta un regard mauvais sur Himal et Basnet.

« Vous êtes sûr que vous voulez rencontrer le président ? Il ne va peut-être pas être content. Je ne voudrai pas que ça vous retombe dessus. Une expulsion est si vite arrivée ! ».

« Quatre morts, n'est-ce pas suffisant pour demander une audience au président ? Que vous faut-il de plus ? » répondit Himal, la rage au ventre, pensant à Saya dans l'appentis aux mains de la brute.

« Ca va, ça va, je vais transmettre » répondit Kamel qui avait reçu des consignes très précises de la direction de la WBCC d'essayer d'apaiser les esprits. Il reprit après un petit moment de silence.

« Vous pouvez disposer. Je ne vous retiens pas ! ».

En sortant, Himal croisa le regard de Saya affairée devant son micro-ordinateur à la saisie d'une lettre.

Elle leva la tête lui adressant un regard brûlant d'une telle intensité, d'une telle émotion contenue, riche de tant d'amour qu'il en fût presque déstabilisé. Il lui sourit longuement, s'arrêtant presque devant elle ; puis, il sortit sur les pas de Basnet.

Kamel arrivait se dirigeant droit vers Saya.

* * *

Depuis leur voyage dans le désert, Judith voyait désormais tous les soirs Abdallah.

Ils sortaient souvent, restaurants, opéras, cinémas, vernissages d'exposition, tout y passait tant leurs goûts éclectiques et variés s'accordaient. Leur désir d'être ensemble, partout à tout moment, était de la part d'Abdallah une volonté de s'afficher à la vue de tous. Il le souhaitait tout particulièrement, espérant ainsi provoquer une réaction de l'émir, qui sachant tout depuis le début, n'en parlait pourtant jamais à son fils. La haute société watarie bruissait de rumeurs. On disait même que Judith plus qu'une épouse, était devenue la maîtresse souveraine du cœur de son prince. Jaffar ne disait rien ou seulement quand un proche l'interrogeait plus ou moins habilement sur le sujet.

« Il se lassera de cette européenne, on verra bien, tout cela n'est peut-être qu'une passade ! ».

Abdallah se rendait tous les soirs chez Judith.

Après leurs sorties nocturnes, il n'était plus laissé, comme au retour de la ferme perlicole d'Al Korah, au pied de l'immeuble de Judith, la regardant partir.

La passion flamboyante qui unissait Judith à Abdallah, rendait de plus en plus torrides leurs corps à corps. Ils ne pouvaient plus se passer l'un de l'autre.

Abdallah se plaisait à admirer longuement Judith allongée nue à ses côtés, fasciné par les trois petits tatouages au henné qu'à sa demande, elle avait accepté de se faire poser, nichés au creux de ses reins, à la base du sein droit et sur la cheville gauche, trois petites roses ourlées, délicatement composées, qui sublimaient encore la beauté de ses formes. Il admirait, béat, la perle nacrée enchâssée comme sertie dans le nombril si finement dessiné de Judith. Il caressait pendant de longues minutes l'abondante chevelure, noire comme le jais, de sa maîtresse puis passait lentement la main sur sa peau douce, explorant creux et courbes, lui arrachant des gémissements de plaisir.

Judith avait parlé d'Himal, de Basnet, de Jagat et des ouvriers népalais à Abdallah.

Elle avait obtenu non sans mal qu'il intervienne auprès de Walid. Il l'avait fait, lui laissant peu d'espoir compte tenu de la personnalité difficile de son cousin et de la législation watarie si peu amène aux expatriés, lois et règles qu'il s'acharnait pourtant à défendre.

« On ne peut laisser notre pays aux mains des étrangers, s'était-il un soir emporté devant une Judith médusée, c'est pour cela qu'aucun d'entre eux n'a le droit d'être propriétaire de quoi que ce soit, ni appartement, ni usine, ni entreprise. En faisant venir des indiens, des népalais, des indonésiens, on les sort de la misère, on leur donne un travail. Ils sont plus d'un million deux cent mille que l'on accueille ainsi au Watar. Ils doivent accepter nos coutumes, nos traditions. Ils sont d'ailleurs libres à tout moment de retourner dans leur pays, même si l'on retient leur passeport. Tous, à quelques rares exceptions près, restent jusqu'à la fin de leur contrat de travail, qu'ils peuvent renouveler deux fois. L'argent qu'ils accumulent durant la durée de leur séjour assure pour toujours leur avenir quand ils rentrent chez eux, leur avenir et celui de leur famille. Ils n'ont pas à se plaindre. Et puis, c'est à prendre ou à laisser. Charbonnier est maître chez lui, comme vous dites en France. Ou ils acceptent nos lois, ou ils s'en vont ! ».

« Mais ils sont traités comme des chiens. Ils sont entassés les uns sur les autres dans des conditions d'hygiène déplorable. Leur patron peut les faire expulser quand bon lui semble. Ils ne sont défendus par personne. C'est injuste et c'est cruel ! » avait vertement répliqué Judith, déstabilisée et étonnée par cette colère froide, rentrée qu'elle ne lui connaissait pas.

« Vous autres, occidentaux, vous n'êtes que de grands sentimentaux ! » avait conclu Abdallah, mi-sérieux mi-ironique, l'attirant tout contre lui.

Les élans de son cœur empêchaient Judith de se rebeller, de se révolter comme elle l'aurait souhaité contre ces mœurs d'une autre époque.

Soumise, elle acceptait toujours au final les sentences de son maître. Mais quand il la quittait pour regagner son palais doré, pâmée, elle s'en voulait terriblement de n'avoir pas mieux su défendre la cause de ses nouveaux amis.

Elle soupirait dans son lit puis s'endormait.

* * *

Himal et Basnet furent reçus, par le président de la WBCC, puisque Abdallah le lui avait demandé.

Ils n'obtinrent rien, face à un mur. L'entretien que Walid leur accorda se solda par un échec sur toute la ligne.

Il se borna à leur rappeler la loi.

Certes, il déplora avec des accents de sincérité presque convaincants l'accident qui avait emporté leurs quatre collègues mais, agacé, il récusa toute idée de faute, les règles de sécurité ayant été selon lui scrupuleusement respectées. Tout cela n'avait été qu'un terrible concours de circonstances. La rémunération, les conditions de travail, le logement, les amendes, l'interdiction d'accès aux souks, toutes leurs demandes furent balayées d'un revers de la main.

Basnet et Himal rentrèrent dépités au camp.

Ils rendirent compte de leur rencontre dès le lendemain. Presque tous les ouvriers étaient présents dans la salle de la cafétéria où ils s'étaient réunis. On était vendredi, jour chômé au Watar. Après l'immense espoir suscité par leur démarche, c'est comme si une chape de plomb s'était abattue soudain sur les ouvriers népalais.

Un ouvrier cria « la grève ! », plusieurs voix s'unirent à lui, bientôt toute l'assistance scanda en cadence « la grève ! ». Un vote eut lieu à main levée.

La grève, illégale au Watar, fut votée.

Seuls Kris et une dizaine de ses partisans votèrent contre.

Le blocage de l'accès au chantier devait débuter le lendemain.

Kris sortit furieux rendre compte à Kamel de ce qui venait d'être décidé.

Seconde Partie

« Si Dieu existe, j'espère
qu'il a une bonne excuse »
      - Woody Allen

Chapitre 5 : Heinrich

Heinrich Blazer était un homme grand, très grand même, ventripotent, rouge et chauve, la figure sévère, un peu vieux déjà, l'air hautain, sûr de lui.

Pour l'heure, il avait perdu un peu de sa superbe, transpirant d'abondance, s'épongeant dans un large mouchoir. Il soufflait, toussait, pestait, s'enrageait.

« Mais quand allez-vous réussir à me remettre en marche cette foutue climatisation ? » éructa-t-il dans un anglais teinté d'un fort accent germanique vers le technicien qui s'affairait sur la terrasse depuis de trop longues minutes à son goût, à tenter de relancer un des moteurs défaillants du système de ventilation. Un incident rarissime au Royal Watari, qui plus est dans la suite la plus luxueuse du palace, celle à quinze mille dollars, la nuit. Des têtes allaient tomber à la direction de l'hôtel avant la fin de la journée.

Le moteur repartit.

« C'est réparé Monsieur Blazer, dans quelques instants la température sera redevenue normale. Nous vous prions d'accepter une nouvelle fois toutes nos excuses. Soyez assuré qu'un tel incident ne se reproduira plus ! » s'excusa piteusement le technicien.

« Ce n'est pas trop tôt ! » répondit Blazer, buvant à larges goulées la seconde bière qu'il venait d'extirper du monumental réfrigérateur du bar.

Le technicien quitta la suite.

Blazer n'aimait pas la chaleur. Il n'aimait pas les pays chauds, encore moins le Watar qu'il ne considérait d'ailleurs pas comme un pays, mais plutôt comme un désert torride dirigé par un chef de tribu assis sur un bon paquet de dollars et pris de la folie des grandeurs; mais, il fallait bien qu'il soit là. Avec ce que lui avait versé Jaffar pour la coupe du monde en dessous de table, c'était la moindre des choses. Et qui sait, il y aurait peut-être encore quelques bonnes affaires à réaliser. Jaffar était toujours si bien informé, si généreux avec ceux qui lui rendaient service; et puis avec Abdallah, généralement, on arrivait à s'amuser pas trop mal …

La climatisation en panne depuis une petite heure à peine n'avait entraîné somme toute qu'une hausse très limitée de la température.

« Reconnaissons quand même que l'intervention a été rapide et efficace » nota ragaillardi par le puissant souffle d'air frais qui lui caressait le visage, le président de la puissante fédération internationale de soccerball.

Vingt-sept degrés déjà redescendus à vingt-quatre depuis que la climatisation avait été remise en marche, ce n'était certes pas les quarante-huit degrés à l'ombre étouffant en ce moment la capitale watarie, « non, mais vous vous rendez compte, cette petite garce a bien dit quarante-huit degrés à l'ombre ! » s'insurgea Heinrich à voix haute, se remémorant ce qu'avait annoncé, toute guillerette, juste avant les actualités de treize heures, la présentatrice météo roucoulante d'Al Zamala, la principale chaîne d'information continue du Watar et, était-il besoin une fois encore de le rappeler, la principale chaîne d'information du monde arabe, dont l'émir Jaffar était l'actionnaire majoritaire...

Il est vrai que l'emportement de Blazer pouvait sans doute se comprendre d'un point de vue strictement physiologique. Au-dessus de vingt-cinq degrés, en bon autrichien qu'il était, le brave Heinrich commençait à fondre. Heureusement pour lui, les stades wataris étaient tous couverts et climatisés.

Foutu pays que ce Watar quand même, se dit Blazer, un climat désertique, des étés d'étuve, une pluviométrie proche de zéro en hiver, hiver en définitive tout ce qu'il y a de plus relatif d'ailleurs, un hiver qui n'en était pas vraiment un, puisque l'on pouvait s'y baigner chaque jour et même la nuit sur les longues plages de sable fin longeant la corniche de Ba'adek ; et pour couronner le tout, des tempêtes de sable, fortes, épaisses, compactes, soudaines, débarquant sans crier gare tout au long de l'année, paralysant toutes velléités d'activités extérieures parfois plusieurs jours durant.

Il faut vraiment être solide pour vivre ici ou richissime comme l'ami Jaffar, toujours bien calfeutré à l'abri dans son immense palais climatisé à tirer les ficelles en coulisses, pour pouvoir supporter une telle désespérance climatique.

Un bruit de clenche interrompit le cours des réflexions climato-politiques d'Heinrich.

« Alors Richou, elle remarche ta clim ! » susurra Carla, pointant son joli minois par l'entrebâillement de la porte de la chambre, perchée sur de hauts talons pointus d'une bonne dizaine de centimètres de haut, une rose rouge piquée dans ses cheveux blonds pour tout vêtement.

« Oui mon ange et prie moi de te dire que ce n'est pas trop tôt ! »

Carla était une bien jolie fille.

Blazer l'avait enlevée deux mois auparavant à son agence de mannequins tchèque. Il n'avait pas encore eu le temps de s'en lasser. Sa peau laiteuse faisait magnifiquement ressortir le bleu turquoise de ses yeux, sa taille fine mettait en valeur les proportions admirables de ses hanches et de sa poitrine, les talons aiguilles lui faisaient d'interminables jambes affolant sa démarche, la rendant tout à la fois dans un inexplicable paradoxe, élégante et provocante.

Elle ne manquait pas non plus d'esprit, un esprit inattendu, drôle, piquant de gamine déjà expérimentée n'ayant pas froid aux yeux. Insouciante, toujours fraîche, délicate, elle égayait Blazer de la grâce de ses vingt ans.

« Elle est quand ta finale mon chou ? »

« A 15h00. Il va falloir que tu te prépares illico presto. Une finale Argentine – Etats-Unis, même pour ce qui n'est qu'un tournoi préparatoire, ça promet du beau spectacle !»

«Je me douche, je me pomponne, je m'habille et je suis à toi ! » dit-elle lumineuse en souriant après avoir déposé un léger baiser sur le sommet humide, gras et luisant du crâne chauve de Blazer.

Il la regarda regagner la chambre, répétant plusieurs fois, avec une moue suggestive, dans une ironie que Blazer, subjugué, ne sut percevoir « Et je suis à toi ! ». Elle chaloupait langoureusement de droite à gauche, d'avant en arrière. Celle-ci, il va falloir quand même que je m'en méfie, pensa

Blazer dans un sursaut de lucidité, la regardant onduler nue devant lui. Si je ne fais pas attention, rouée, rusée, matoise et fine comme elle est, elle va me faire faire n'importe quoi !

Carla referma doucement la porte de la chambre, non sans avoir au préalable lancé d'un geste volontairement alenti de la main un baiser léger et vaporeux vers Blazer, lui offrant une vision d'elle de profil à faire damner tous les saints chrétiens et tous les prophètes musulmans du paradis.

* * *

Cela faisait maintenant bientôt dix jours que le piquet de grève campait devant le chantier du stade Idhad.

Deux grandes tentes bédouines avaient été installées avec quelques chaises, des tables et des paillasses posées à même le sol pour dormir. La cantine ayant été fermée d'autorité par la WBCC dès le second jour de grève, Wanita et Hawa, au chômage technique, Saya, tout en continuant à travailler, assuraient discrètement le ravitaillement en eau et en nourriture des grévistes, à partir d'une cagnotte constituée par le versement d'un demi-mois de salaire par chacun des ouvriers participant au mouvement.

Basnet, Himal et Jagat passaient le plus clair de leur temps sur le piquet de grève, encadrant les ouvriers népalais qui par tranche de huit heures comme sur le chantier venaient régulièrement s'y relayer.

Les forces de l'ordre, à la surprise générale, n'étaient pas intervenues pour débloquer la situation et restaurer ce que demandait en boucle sur tous les écrans et sur toutes les ondes, excédé, avec des allures d'imprécateur vitupérant, sourcils en broussailles et lippe arrogante, le ministre de l'intérieur Aziz, exigeant sans délai :

« La restauration de la liberté du travail injustement bafouée par une poignée de leaders extrémistes, inconscients, dangereux et osons même le dire criminels ».

Le tournoi préparatoire à la coupe du monde avait constitué une formidable chance pour les grévistes. En braquant toutes les caméras du monde sur les stars du soccerball mondial, il avait empêché les autorités d'agir à leur guise, soucieuses de ménager une respectabilité internationale chèrement acquise à coups de millions investis aux bons endroits et auprès des bonnes personnes. Une répression violente de la grève aurait fait, en moins de temps qu'il ne fallait pour le dire, le tour de la planète médiatique ouvrant une nouvelle tribune contre le Watar aux associations de défense des libertés individuelles et de la démocratie.

La Confédération Syndicale Mondiale avait adressé à Heinrich Blazer et à Abdallah, respectivement présidents de la fédération internationale et de la fédération watarie de soccerball, une lettre dénonçant les conditions dans lesquelles les stades et les infrastructures nécessaires à l'organisation de la coupe du monde 2034 étaient construits. De nombreux extraits en avaient été rendus publics, relayés par la presse mondiale, dénonçant la situation sociale d'un pays où la main-d'œuvre migrante représentait plus de soixante-quinze pour cent des salariés, et presque la quasi-totalité des ouvriers du secteur de la construction, travailleurs exploités dans le cadre de contrats précaires et révocables à tout moment, population misérable chassée du Népal, d'Inde ou du Pakistan par la pauvreté; certains journalistes outrant leur propos avaient même parlé de déportation de masse…

Le président de la Confédération Syndicale, Nelson Davids, avait donné plusieurs interviews s'étonnant que la fédération internationale de soccerball et les gouvernements du monde entier, à quelques très rares exceptions près, continuent de soutenir une compétition, aussi prestigieuse soit-elle, qui se ferait sur la base d'une telle exploitation des travailleurs. Il demandait à Blazer d'agir auprès des autorités wataries pour mettre un terme à ces pratiques sociales d'un autre temps, au besoin de procéder à l'annulation de l'attribution de la coupe du monde au Watar.

Priscilla Montapamy, représentante pour la région de l'organisation Human Social Rights était venue témoigner sa solidarité aux grévistes, improvisant une conférence de presse sur le piquet de grève en présence d'Himal, de Basnet et de Jagat, face aux quelques journalistes présents qu'elle avait su habilement détourner un moment du tournoi de soccerball.

« Les migrants, avait-elle déclaré, comme ici sur le chantier du stade Idhad construit par la WBCC, ne peuvent changer d'employeur ; ils sont totalement à leur merci. Ils doivent accepter des salaires de misère qui, la plupart du temps, ne correspondent pas au contrat qu'ils ont signé en quittant leur pays d'origine. Ils peuvent pour certains ne pas être payés pendant plusieurs mois ».

« C'est dans un des pays les plus riches du monde, avait-elle ajouté, s'indignant en réponse à une question d'un journaliste, qu'on trouve ainsi des conditions de travail que certains n'hésitent plus à qualifier de nouvel esclavage. Les conditions de vie dans les camps de travailleurs de certaines entreprises comme la WBCC, triste exemple en la matière, sont à peine dignes d'êtres humains. Ils sont souvent logés à une vingtaine dans de petites chambres alors qu'il fait cinquante degrés à l'ombre ».

Contraint et forcé, à la demande impérieuse du pouvoir et sous la pression des médias, Walid avait dû faire quelques concessions, supprimant le régime des amendes, promettant l'implantation de nouveaux bungalows au labor camp.

Forts de leurs premiers succès, Basnet et Himal, leaders du mouvement, n'avaient pas voulu desserrer l'étreinte que les jours de retard pris par le chantier faisaient peser sur la WBCC. Appuyés par l'écrasante majorité de leurs collègues, à l'exception notable près de Kris et de la dizaine d'hommes qu'il avait réussi à fédérer autour de lui avec l'appui financier certes discret mais non moins réel de la WBCC en la personne de Kamel, Basnet et Himal continuaient à défendre la plate-forme revendicative esquissée avec Saya et Judith, demandant une revalorisation des salaires de vingt pour cent, la restitution des passeports, la reconnaissance au terme d'élections libres à bulletins secrets de représentants syndicaux, un audit sur la sécurité, c'est Basnet qui avait imposé le mot audit, et une enquête sur les agissements inadmissibles de certains contremaîtres aux premiers rangs desquels figuraient en bonne place Kamel et Ali.

Quelques opposants de l'émir, issus de tribus rivales, avaient pris position pour d'obscures raisons de politique intérieure en faveur du « mouvement des népalais » comme le titraient avec un certain mépris et beaucoup de condescendance les principaux journaux du pays, tous contrôlés par le pouvoir en place.

Le rédacteur en chef d'Al Watar, le sémillant et opportuniste Rachid Marzouni, avait même réclamé dans un éditorial enflammé, l'expulsion immédiate des meneurs, anarchistes subversifs à la solde de puissances étrangères, agitateurs professionnels dont on ne pouvait que déplorer qu'ils fussent défendus, peut-être même soutenus, par quelques wataris égarés, prisonniers de rancœur hors d'âge, ne sachant plus discerner leur devoir, celui de soutenir sans faillir et sans faiblir l'inlassable activité d'un émir ne cherchant que le bonheur de son peuple.

La situation paraissait bloquée.

Walid ne voulait plus rien lâcher.

La finale Argentine - Etats-Unis se déroulait le jour même. Les médias internationaux quitteraient le pays le lendemain, oubliant en quelques jours, obnubilés par une autre actualité, le combat mené par les ouvriers népalais.

Il fallait agir.

* * *

Basnet et Himal montèrent dans le 4x4 qui démarra en trombe, traversant Industrial Area dans un improbable parcours fait d'incessants retours en arrière et de changements inopinés de direction. Le chauffeur s'assurant une énième fois qu'il n'était pas suivi, quitta brusquement la petite route secondaire empruntée depuis cinq bonnes minutes et bifurqua dans un abominable crissement de pneus sur une piste poussiéreuse, se dirigeant droit vers le désert.

C'était la première fois depuis le début du mouvement que Basnet et Himal allaient voir, à leur demande, le Cheikh Abdullah Al Tarik, le chef incontesté de la principale tribu opposée à l'émir. Ce dernier avait soutenu leur mouvement au début discrètement, puis voyant l'audience croissante prise au fil des jours par les articles et les différents reportages diffusés sur le conflit par les médias occidentaux, relayés sur Internet et repris en grande partie par les chaînes concurrentes d'Al Zamala, il s'en était servi pour dynamiser une esquisse d'opposition politique cristallisée autour de quelques autres chefs de tribu hostiles à Jaffar ; il avait décidé de franchir le pas et de manifester publiquement son soutien aux grévistes, fustigeant une pétromonarchie archaïque exploitant et humiliant de pauvres travailleurs immigrés, déportés avec l'accord de leurs pays d'origine, afin de maintenir le peuple watari dans une oisiveté confortée par la rente pétroleo-gazière, bénéficiant de tous les services et travaux d'un lumpenprolétariat d'un autre temps, sous-population d'esclaves volontaires et miséreux, expatriés exploités faisant fonctionner l'économie watarie au seul bénéfice d'une famille régnante s'attachant l'adhésion de ses sujets à grand renfort de services gratuits, de dons et autres annulations de dettes. Al Tarik en avait profité pour réclamer à ses compatriotes un redressement moral, celui que le tenant de l'islam rigoriste qu'il était, appelait ardemment de ses vœux.

Introduits dans l'immense tente plantée au milieu de nulle part, défendue par une centaine de bédouins armés jusqu'aux dents, Basnet et Himal, intimidés par l'impressionnant déploiement de force, se dirigèrent à pas lents et comptés vers Abdullah.

Arrivés à quelques mètres du vieux chef, ils s'inclinèrent respectueusement devant lui.

Abdullah Al Tarik était assis dans un large fauteuil, presque un trône, recouvert d'une riche étoffe damassée de laines de mouton, de chèvre et de dromadaire, qu'on imaginait volontiers tissée par des mains fines, habiles et expertes à partir d'élégants fuseaux en cornes de gazelles, multipliant les entrelacs sophistiqués de fils enchevêtrés. Il pria les deux hommes de s'asseoir à même le sol sur deux coussins posés devant lui.

Une jeune femme voilée aux fines chevilles entourées de bracelets dorés cliquetant, apporta pieds nus, volant plus que marchant sur l'épais tapis recouvrant le sol, un élégant plateau damasquiné supportant trois tasses et une espèce de théière d'eau bouillante et fumante. Elle déposa le plateau sur une petite table basse après que le Cheikh puis les deux hommes eurent pris les tasses de thé qu'elle leur offrît, baissant la tête en posant un genou à terre. Elle se releva sans bruit, gracieuse, et partit entourée d'une forte odeur de musc.

Abdullah était un homme sans âge, au port de tête fier et arrogant, la peau tannée devenue au fil des années un cuir épais brun marron couturé de profondes rides.

C'était un homme sec, brûlé, qui semblait se consumer de l'intérieur, à petit feu, le regard dur, un homme qui inspirait la peur, qui vous faisait frissonner dès qu'il dardait sur vous ses tous petits yeux noirs, implacables, luisants derrière les fentes étroites laissées par ses lourdes paupières. On l'imaginait sans peine guerrier sanguinaire, chef de hordes nomades, cruel et sans pitié, affrontant les tempêtes, le désert, l'ennemi pour rejoindre une citadelle cachée, inexpugnable, venir s'y reposer, choisissant au crépuscule, à travers un moucharabieh de bois exotiques et précieux, la femme de son harem qu'il posséderait une fois la nuit venue. Un être exalté surgi d'un autre temps, splendide, fanatique et sauvage défenseur de la foi du prophète.

Basnet et Himal ne disaient rien, attendant, comme la tradition l'exigeait, qu'Abdullah leur adressât la parole.

Il posa d'un geste lent et mesuré au bord de la petite table basse, la tasse dans laquelle il n'avait fait que tremper les lèvres. Il regarda attentivement Basnet puis Himal.

« Nous sommes dans une époque de terrible corruption ; et la pire sans doute est celle des âmes » dit-il lentement détachant chaque mot, d'une voix d'outre-tombe, grave et caverneuse. Il ajouta fixant les deux hommes dans ce qui lui semblait un vague sourire qui n'était en fait qu'un épouvantable rictus.

« Croyez-vous en Dieu, mes amis ? »

« Nous sommes musulmans, c'est la religion de nos pères ! » répondit prudemment Himal intimant d'un bref regard l'ordre à Basnet, athée convaincu et militant, de s'abstenir de toute intervention déplacée.

« Bien, très bien ! Si vous croyez, alors vous serez sauvés. Mon rôle à moi, c'est de sauver mon peuple ! »

« Je ne comprends pas très bien » hasarda Himal après quelques longs instants de silence, pour tenter de sortir Abdullah de la profonde méditation dans laquelle il semblait avoir sombré après avoir prononcé ces fortes paroles. Il reprit ses esprits.

« Jaffar est un mécréant. Il détourne notre peuple du chemin de la foi. C'est un mou, un tendre. Egaré dans les mirages d'un progrès technique illusoire, il a fait d'un peuple de guerriers, une armée de rentiers mollassons, gros et gras. La corruption rôde partout, elle gangrène tout. L'émir a accepté l'inacceptable. Il collabore avec l'ennemi, pactise avec le diable. C'est un fou qui croit que l'argent fera le bonheur de son peuple. Cet argent maudit est en train de le détruire, de nous détruire et il ne s'en rend pas même compte. Les wataris sont devenus d'abominables feignants qui ne pensent plus qu'à consommer, à se divertir, à jouir sans entraves. Nous sommes devenus la risée de tous les vrais croyants. Vous savez ce qu'ils disent de nous, ce qu'ils disent des wataris. Ils ne disent d'ailleurs que trop bien la vérité, la triste et honteuse vérité « Les wataris, c'est doucement le matin et pas trop vite le soir !». Et le pire, voyez-vous, mes amis, c'est qu'ils ont raison, effroyablement raison. Ba'adek est devenu le symbole de cette déchéance morale, cité internationale, temple de tous les vices, Babylone cosmopolite qui se roule comme une traînée dans le stupre de sa décadence morale. Regardez toutes ces entreprises mercantiles, tous ces centres commerciaux, ces banques, tous ces services offerts à la populace, tout ce qui vient de cet occident dépravé et malade pour nous pervertir, pour nous détourner de la vérité et de la grandeur d'Allah. On ne peut plus accepter cela, je ne puis plus l'accepter ! ». Il respira profondément puis reprit, s'intéressant soudain à ses interlocuteurs.

« Mais qu'est-ce qui vous amène ici mes amis ? »

« Nous avons besoin de votre aide ! » répondit timidement Himal, déstabilisé par la longue diatribe d'Abdullah. Basnet opina du chef à ses côtés.

« Ah oui, bien sûr, mon aide. Que puis-je faire pour vous ? ».

« La WBCC ne veut rien lâcher. Nous sommes à bout de ressources. Ils ont fermé la cantine du labor camp ! Nous n'avons plus aucun revenu, nous ne pourrons plus tenir très longtemps ! »

« Je vois, je vois, ne vous en faites pas. Continuez votre mouvement. Je vous assure de mon soutien. Vous aurez tout l'argent nécessaire pour poursuivre la lutte ».

Abdullah claqua dans ses mains.

La jeune femme voilée aux bracelets de cheville dorés réapparut aussitôt, comme par miracle, tel le génie sorti de sa lampe. Abdullah lui dit d'approcher.

Elle avança et une nouvelle fois agenouillée devant son seigneur, se pencha vers lui, tête baissée. Abdullah lui murmura quelques mots à l'oreille. Elle se releva et disparut.

« Je ne vous reconduis pas mes amis » dit Abdullah signifiant à Himal et Basnet la fin de l'entretien.

« On va vous remettre de quoi tenir pendant quelques semaines. Si vous avez besoin de quoi que ce soit d'autre, revenez me voir. Que la paix de Dieu soit avec vous ! »

Yeux mi-clos, énigmatique et impassible, Abdullah regarda les deux hommes s'éloigner et sortir de la tente.

Inch'Allah dit-il à voix basse, pour lui-même.

* * *

Abdallah avait insisté pour que Judith vienne à la finale Argentine – États-Unis.

Cela ne l'enchantait guère mais elle avait accepté. C'était la première fois qu'elle assistait à la finale d'un tournoi international de soccerball ; pour tout dire, c'était aussi la première fois qu'elle assistait à un match.

Elle était en route assise confortablement dans la voiture avec chauffeur qu'Abdallah avait une nouvelle fois insisté pour qu'elle prenne, billet coupe file VIP en poche. Elle allait certainement arriver à l'heure pour le match malgré un trafic un peu plus dense qu'à l'habitude, finale oblige.

Ba'adek était une ville où décidément, elle n'arriverait jamais à se repérer sans dénomination de rue, juste ça et là quelques noms d'intersection ou de feux tricolores. Le principal mode de repérage consistait à dire qu'on allait près de la grande mosquée, ou du grand carrefour d'East Coast, près de la bibliothèque coranique, du souk du port ou de l'hôtel Tarik Armadan, citant un monument, un établissement, un building connus de tous. Heureusement, pour aller à son travail, de son appartement donnant sur le golfe persique jusqu'au siège de Léonardi-Watar, Judith n'avait pas trop à se prendre la tête ; elle n'avait qu'à suivre le ring longeant la corniche, et elle y était en dix minutes à peine dans la belle Siroco bordeaux Renault mise à sa disposition par Beauclair.

Elle assisterait donc à ce foutu match de soccerball et pas n'importe où, dans une loge !

« Tu seras toute seule, tranquille, Judith, on te conduira à ta loge dès ton arrivée au stade, j'ai donné des consignes ; moi, tu comprends bien, il faut que j'assiste à tout ça en tribune présidentielle avec les officiels. Je viendrais t'embrasser à la mi-temps » lui avait expliqué Abdallah.

Et, clou du spectacle, elle assisterait, en invitée tout ce qu'il y avait de plus officielle, à la petite réception organisée après la finale dans les salons du stade central de Ba'adek. Elle avait reçu quelques jours plus tôt le carton d'invitation accompagné d'un petit mot manuscrit de l'émir en personne, signé Cheikh Jaffar Ibn Hamid Al Banim.

« Je compte sur vous ! » avait-il rajouté en anglais avec une étonnante écriture tout en pattes de mouche tarabiscotées. Cela faisait comme des arabesques !

Judith avait accepté tout ça, la voiture avec chauffeur, la loge toute seule, la réception après la finale, mais, à la réflexion, elle n'était plus du tout sûre que cela soit une bonne idée. Elle repensait encore à ce que lui avait dit Abdallah.

« A la réception d'après match, je te présenterai à mon père, l'émir, à Fatiah, ma mère, à Walid, mon cousin, tu sais le président de la WBCC ; et puis tu verras aussi cette bonne grosse fripouille de Blazer, le président de la fédération internationale, un type très sympa, accompagné sans doute de sa dernière conquête et il y aura aussi Aïda et Karima, mes deux épouses officielles » avait-il ajouté incidemment comme si de rien n'était.

Il avait tellement insisté ; cela avait l'air si important pour lui ; il lui avait demandé si gentiment, si tendrement qu'elle s'était encore une fois de plus emberlificoté dans des tonnes et des tonnes de bons sentiments, enrobés sous un nouvel et lamentable aveu d'amour à son homme, comme s'il en avait besoin, je vous le jure, pensait-elle en regardant, bloqué à un rond-point, défiler le flot des voitures en direction du stade ; avec lui, je suis une vraie midinette, ma passion pour lui saute tellement aux yeux que parfois j'en pleurerai de rage ; il le sait, c'est tellement évident ; c'est comme le nez au milieu du visage ; et il en joue, j'en suis sûre !

Bref, elle s'était embringuée dans un truc, elle ne trouvait vraiment pas d'autres mots pour qualifier ça, dans un truc surréaliste, elle ne trouvait pas non plus l'adjectif idoine, bref dans ce machin où elle, Judith, maîtresse du prince héritier du Watar, prince muni déjà en bonne et due forme de deux très officielles épouses, allait se retrouver à une espèce de sauterie familiale élargie … avec ses deux femmes, mais comment ai-je pu accepter cela ? gémissait-elle pitoyablement en silence.

La déclaration solennelle d'Abdallah lui revint alors en mémoire. Il lui avait dit un soir, convaincu et convaincant, parlant de ses épouses.

« Ah, ça, Judith, mon amour, je ne les touche plus depuis qu'on est ensemble et je réfléchis à la façon de les répudier sans les vexer et surtout sans m'attirer les foudres de mon père et de ma mère ».

Elle l'avait cru.

Il paraissait si sincère, mais maintenant traînée pieds et poings liés dans ce traquenard, elle se prenait à en douter. Il ne va quand même pas me faire l'affront de me présenter à ses parents comme sa future troisième épouse ! Je ne finirai pas dans son harem … Ah ça non jamais !

Judith arriva au stade finalement avec une bonne heure d'avance. Le chauffeur avait trouvé un itinéraire sans doute connu de lui seul, abandonnant les embouteillages pour surfer entre ruelles étroites, parkings déserts, couloirs de bus, contre-allées, trottoirs carrelés et même quelques rues prises à grande vitesse à contre-sens.

Attendue, on ouvrit toutes grandes, à la limousine de Judith et de son Fangio de chauffeur, les portes d'accès du parking privé situé sous le stade, celui réservé aux personnalités et hôtes de marque. Une hôtesse et un officiel de la fédération watarie l'y attendaient déjà. Ils la conduisirent dans un dédale de couloirs, d'escaliers et de coursives vers un ascenseur panoramique. L'ascenseur entreprit la montée à une allure vertigineuse, offrant au travers de ses parois de verre une extraordinaire vision de Ba'adek et de sa corniche surplombant les eaux sereines, ensoleillées et brillantes sous mille reflets d'argent, du golfe persique. L'ascenseur s'arrêta permettant à Judith de constater que tous ses organes étaient bien revenus en position apparemment normale. Seul, son cœur semblait battre plus vite. L'hôtesse et l'officiel conduisirent Judith à sa loge. L'hôtesse referma doucement la porte derrière elle en lui souhaitant avec l'officiel, dans un chœur aussi improvisé qu'attendrissant, une excellente finale.

Abdallah attendait dans la loge.

Son cœur s'accéléra de nouveau dès qu'elle le vit. Il la prit dans ses bras. Elle oublia tout, vaincue, anéantie, frêle petite chose désirable et désirée. Quand il l'embrassa, elle se prit même à penser qu'une vie de harem, loin des dures réalités des chantiers, abritée de la folie et des misères du monde, pourrait sans doute finalement être une très bonne chose ; un peu de calme, plein d'amour, beaucoup de volupté loin à l'abri de cet infernal monde de brute.

Elle eut un dernier sursaut, pensant qu'il lui faudrait à la réception absolument parler d'Himal et de ses ouvriers en grève à cet ignoble Walid, puis elle s'abandonna dans les bras d'Abdallah sur le profond canapé de la loge au plaisir qui commençait peu à peu à submerger tous ses sens.

* * *

Kamel était furieux.

Passe encore que cette maudite grève durât aussi longtemps, les meneurs ne perdaient rien pour attendre. Les consignes de la direction étaient de ce point de vue-là, parfaitement claires, il fallait faire le dos rond en attendant la fin du tournoi. Mais ce que venait de lui apprendre Kris dépassait véritablement l'entendement.

Les grévistes népalais recevaient de l'argent !

Kris l'avait vu. Non pas qui avait remis l'argent aux grévistes, non pas l'argent lui-même, gardé jour et nuit dans un petit coffre toujours fermé à clef dans une des deux tentes du piquet de grève et dont seuls Himal et Basnet possédaient la combinaison, ça non, il ne l'avait pas vu ; ce qu'il avait vu, c'en était les effets avec l'arrivée sous les tentes de lits picots, de matelas, de frigos, de tout ce qu'il fallait pour faire la cuisine et manger, barbecues, casseroles, gamelles et autres poêles, assiettes, couverts, verres et bien sûr, eau et nourriture en abondance …

Et encore ça se disait Kamel, ce n'était finalement pas le plus grave. Cela n'empêcherait pas une fois la folie soccerballistique passée, de déloger par la force les grévistes de leur piquet, l'armée, mieux outillée en la matière que la police, en avait l'habitude ; on les expulserait illico presto, manu militari, du pays sans autre forme de procès pour les remplacer bien vite par de nouveaux travailleurs plus dociles, plus malléables, plus souples.

Non ce qui était le pire du point de vue de Kamel, c'est que Saya aidait les rebelles. Kris là aussi avait été tout à fait formel. Il l'avait vue à maintes reprises sur le piquet de grève, son service au labor camp terminé, ne ménageant, ni son temps, ni sa peine, pour soutenir les grévistes, toujours aux côtés d'Himal, préparant les repas, servant à boire, rédigeant les tracts et les lettres adressés sans relâche à la direction de la WBCC pour demander une reprise du dialogue interrompu depuis plusieurs jours. Cette insubordination-là, Kamel ne la supportait pas. C'était un affront personnel qu'il allait lui falloir punir très rapidement.

Il paraissait même, mais cela Kris ne l'avait pas vu non plus, on le lui avait simplement rapporté, que la maîtresse occidentale quasi officielle du prince Abdallah, ingénieur sur le chantier voisin du SRT, était venue à plusieurs reprises saluer les grévistes et s'entretenir avec Himal et Basnet.

Cela outrepassait tout.

Kris congédié, il avait aussitôt appelé le président Walid pour l'en informer. Celui-ci l'avait pris tout de suite au téléphone, geste inhabituel de sa part, montrant s'il en était besoin le sérieux, peut-être même la gravité de la situation. Walid avait été littéralement abasourdi quand il avait appris le financement occulte de la petite rébellion fomentée par quelques népalais égarés, comme il la qualifiait avec ironie et mépris ; il avait été très intéressé par les informations concernant la belle maîtresse française de son cousin, le prince Abdallah. Il avait raccroché en gratifiant même Kamel d'un exceptionnel :

« Beau travail, mon cher. N'hésitez pas à m'appeler si vous apprenez quoi que ce soit de nouveau ! ».

Cela avait mis un peu de baume sur la plaie ouverte du comportement scandaleux de Saya. Il sortit du bureau furieux puis se calma en marchant doucement vers l'accueil.

A son arrivée, Saya leva des yeux de chien battu sur lui.

« C'est pour ce soir ! » lui dit-il tout miel avant de sortir du bâtiment.

* * *

Abdallah avait offert de raccompagner Judith, après la réception.

Elle rongeait son frein, assise à ses côtés sur la banquette arrière d'un imposant 4x4 officiel blindé, muni de toutes les oriflammes et de toutes les bannières wataries réglementaires, jouant à bon escient, comme il se devait, de ses sirènes hurlantes, quand la situation de la circulation automobile l'exigeait. En fait de circulation, c'était comme toujours dès que le flot automobile devenait un peu plus fluide, un spectacle ininterrompu de comportements de trompe-la-mort, changements de voie inopinés, queues de poissons en cascade, excès de vitesse. Ce n'était pas pour rien que le gouvernement avait tout récemment relancé une nouvelle campagne contre l'insécurité routière, il est vrai que le Watar continuait à battre tous les records quand on y rapportait le taux d'accident à la densité de population.

« Qu'est-ce que tu as ma chérie, tu boudes ? La réception s'est pourtant bien passée ! » demanda Abdallah.

« Je ne boude pas, je suis lasse, un peu fatiguée, voilà tout ! »

« Tu es sûre que tu ne veux pas aller au restaurant ce soir ? »

« Non, Abdallah, tu me déposes, je rentre chez moi, je prends deux cachets d'aspirine et je vais me coucher. J'ai une longue journée de travail demain. Il faut que je me lève tôt.

Beauclair m'a concocté, comme à son habitude un programme d'enfer ! »

« Comme tu voudras Judith » répondit Abdallah manifestement déçu.

Après tout, je ne suis pas son esclave, pensa à part elle Judith, se réfugiant de nouveau dans un silence têtu.

Cela s'était passé tout simplement comme elle l'avait pressenti. Une véritable horreur !

L'émir Jaffar avait été charmant, lui vantant les mérites du Watar, son dynamisme économique, sa participation croissante aux affaires du monde, sa monarchie constitutionnelle, l'élection libre et démocratique de ses députés, insistant sur son ouverture internationale, sa tolérance aux autres cultures, aux autres religions, et même avait-il ajouté dans un large sourire, à l'absence de religion.

« Vous êtes d'origine juive, je crois, mais non pratiquante ? » s'était-il assuré au passage.

Il lui avait fait compliment sur sa toilette, une robe légère et blanche, de hauts escarpins de la même couleur qui lui faisaient, il est vrai, une délicieuse silhouette, admirant au passage le collier de perles, les boucles d'oreilles et le bracelet offerts à Judith par Abdallah ; profitant de son compliment, il avait insisté plaisamment:

« Vous voyez ma chère Judith nous ne sommes pas d'abominables intégristes, mais bien au contraire des partisans résolus d'un Islam fidèle à ses origines, tolérant, accueillant, ouvert et chaleureux, un Islam en phase avec son siècle. C'est ainsi comme vous avez pu le voir dans les rues de Ba'adek que nous acceptons la liberté de toutes et de chacune de s'habiller comme elle l'entend, avec l'abbaya et le voile traditionnels pour celles qui le souhaitent ou à l'occidentale en jean, chemisier, jupe ou robe pour celles qui le veulent, tout comme chez vous en France ».

Fatiah, la seconde épouse de l'émir, la mère d'Abdallah, belle et digne femme d'une soixantaine d'années mais à qui on en aurait donné sans hésiter dix de moins, avait vite happé Judith auprès d'elle.

« Je tenais tant à vous connaître. Abdallah me parle si souvent de vous ! ».

Elle lui avait parlé du vieux souk, sachant qu'elle aimait s'y promener, de son histoire, de ses marchands de faucons ; elle l'avait interrogée longuement sur son travail, l'avancement des travaux du SRT, sur ses parents. Elle lui avait expliqué en réponse à quelques questions de Judith sa formation de sociologue, son rôle auprès de l'émir, sa mission de présidente de la fondation watarie pour l'éducation et la culture, son activité comme ambassadrice de l'UNESCO pour promouvoir dans le monde l'éducation et l'enseignement.

Fatiah, tout comme Jaffar, avait été charmante.

Judith avait parlé aussi avec Aïda et Karima, les épouses d'Abdallah. Les deux jeunes femmes resplendissantes l'avaient quasiment traitée comme une sœur, lui décrivant dans les moindres détails, comme si elle devait bientôt s'y installer pour y résider, les vastes appartements privés qu'elles y occupaient.

Elle avait croisé Youssef, l'homme des fonds souverains, qui s'était profondément incliné devant elle, n'osant peut-être pas lui adresser la parole.

Le président de la fédération internationale de soccerball, Heinrich Blazer, dès que Carla sa pétillante compagne et Abdallah avaient eu le dos tourné, s'entretenant quelques instants ensemble, s'était précipité, ou plutôt aurait-on dû dire s'était rué sur elle, pour la draguer effrontément. Elle l'avait éconduit avec grâce et élégance sans le froisser. Mais elle n'avait pas pu échapper à un cours de sa part lui vantant les mérites et avantages comparatifs du soccerball sur l'ancien et démodé football. Elle n'y avait rien compris, si ce n'est que finalement, c'était sans doute pareil que le foot, mais avec quatre quarts-temps, permettant en coupant davantage les matchs, de faire rentrer beaucoup plus de recettes publicitaires dans les caisses des chaînes télé et donc dans celles de la fédération.

Walid Al Banim avait bien été l'ignoble et cauteleux Iznogoud décrit par Abdallah lui conseillant, fielleux et faux, de ne pas trop s'égarer sur le piquet de grève avec ces maudits népalais, un mauvais coup de leur part étant toujours à redouter …

En un mot, comme en mille, chacun avait joué l'exacte partition qui devait faire d'elle sous peu une princesse watarie et la troisième épouse d'Abdallah. Il ne restait plus à ce dernier, somme toute, qu'à lui demander sa main, bref, une simple formalité !

Et pour couronner le tout, elle était de plus en plus éprise de lui.

Ce ne sont pas les moments passés dans la loge avec Abdallah juste avant la finale gagnée un à zéro par l'Argentine sur un but de Christi à la dernière minute qui pourraient d'ailleurs témoigner du contraire … Ni la rage sourde qui l'avait étreinte quand elle avait vu la belle Carla tout sourire en pleine conversation avec Abdallah poser un long moment sa main sur son bras …

Elle quitta Abdallah en l'embrassant une seule fois très vite, juste à la commissure des lèvres, comme au retour d'Al Khorah, pour le punir et pour se punir elle-même de tant de faiblesse.

* * *

Saya pleurait toutes les larmes de son corps meurtri dans les bras d'Himal.

« Saya a été agressée en rentrant chez elle ! » lui avait crié dans un souffle Wanita en venant chercher Himal sur le piquet de grève.

Himal était aussitôt parti avec elle.

Il l'avait interrogée sur le parcours. Saya avait seulement dit à Hawa et Wanita qu'elle avait été agressée. Elle n'avait pas pu ou pas voulu en dire plus. Les deux jeunes femmes l'avaient recueillie et soignée ; elle n'avait aucune blessure grave, mais de multiples griffures sur les bras, les jambes, un énorme hématome dans le dos, un œil au beurre noir, des traces de début de strangulation autour du cou. Ses blessures, ses vêtements déchirés, son hébétement quand elle avait frappé à la porte d'Hawa, tout laissait supposer une agression sexuelle.

Dès qu'Himal était arrivé dans le petit appartement de Saya, dès qu'elle l'avait vu, elle s'était remise à pleurer. Elle avait demandé dans un sanglot à Hawa et Wanita de la laisser seule avec Himal.

Himal avait refermé la porte à clef derrière les deux jeunes femmes, comme le lui avait demandé Saya.

Il s'était assis au bord de son lit ; il l'avait prise dans ses bras, la berçant comme un bébé, pour la calmer. Elle avait pleuré de longues minutes, sans qu'Himal n'ose lui parler ; il continuait à la serrer très fort dans ses bras. Il sentait que toute parole eût été inutile à cet instant-là.

Elle s'apaisa peu à peu, enlaçant d'un seul coup Himal dans ses bras, se réfugiant au creux de sa poitrine pendant qu'il lui caressait doucement les cheveux, comme si elle avait voulu ne plus faire qu'un avec lui.

« Saya, que s'est il passé ? » demanda Himal tendrement « Il faut que tu me dises ce qui s'est passé. Tu veux bien ? ». Saya leva sa tête vers Himal. Il dégagea d'un geste doux de la main droite, l'abondante chevelure qui recouvrait la moitié de son visage,

« C'est Kamel ! » murmura-t-elle avec une telle détresse dans les yeux qu'elle se remit à sangloter. Himal passa ses doigts sous les yeux de Saya lui essuyant ses larmes. Elle se ressaisit.

« C'est Kamel. Il était furieux. Il sait que je vais sur le piquet de grève » hoqueta Saya.

« Il m'a traitée de tous les noms, et puis, ... il m'a frappée, il m'a arraché mes vêtements et il m'a prise comme ça, comme une bête furieuse, il m'a prise en menaçant de m'étrangler. Il serrait si fort, Himal, j'ai cru que j'allais mourir... ».

Elle s'arrêta, hoquetant de nouveau.

« Et ... il y avait Ali, aussi ... » acheva-t-elle dans un long cri de désespoir. Himal la serra plus fort dans ses bras, murmurant d'une voix contenue dans laquelle perçaient une inexprimable rage :

« Quels ignobles salauds ». Saya le visage défait, ravagé, levant les yeux vers Himal, le transperçant d'un regard ravagé de douleur, le supplia d'une voix à peine audible, brisée par la terreur :

« Reste avec moi cette nuit, j'ai peur qu'ils reviennent ! ».

* * *

Quarante-huit heures après la finale, à sept heures du matin, Kamel en tête, Ali, tous les contremaîtres de la WBCC, Kris et la poignée d'ouvriers non grévistes qui subsistait se présentèrent avec une cinquantaine d'hommes, qui semblaient être des pakistanais ou des indiens à l'entrée du chantier du stade Idhad.

Kamel et Ali s'avancèrent, seuls, vers le piquet de grève.

Himal et Basnet sortirent de la tente à leur rencontre.

Saya terrorisée qui n'était pas retournée à son travail depuis le double viol, ni même à son appartement, couchant sur un lit picot dans une des deux tentes à côté d'Himal qu'elle ne quittait plus d'une semelle, suivait attentivement la scène. Les népalais, avertis grâce aux informations communiquées par Abdullah, le chef des tribus rebelles, étaient tous là, près de deux cents. Ils bloquaient tout accès au chantier.

« Que veux-tu Kamel ? »   dit calmement Himal

« On vient travailler, dis à tes hommes de nous laisser passer ! »

« N'y compte pas un seul instant ! »

« Si tu refuses, les forces de l'ordre viendront vous évacuer. Vous n'avez pas le droit de bloquer le chantier ! »

« Nous n'avons aucun droit, nous le savons Kamel, mais nous continuerons quand même à bloquer le chantier, tant que des négociations sérieuses n'auront pas repris »

« C'est votre dernier mot ? »

« Pour l'heure, oui ! »

Kamel parlementa un instant avec quelqu'un qui ressemblait fort à un huissier dépêché sur les lieux pour procéder aux constatations d'usage. Puis tout le monde, huissier, contremaîtres, ouvriers regagnèrent camions et voitures pour repartir par le chemin d'où ils étaient venus.

Une heure plus tard, un 4x4 de l'armée watarie se présenta devant le piquet de grève.

Un homme en descendit, prit un porte-voix et dit :

« Je suis le lieutenant-colonel El Biar. Nous vous donnons quarante-huit heures pour libérer les lieux. Si vous êtes encore là après-demain matin à huit heures, nous vous délogerons par la force ».

Il n'attendit pas de réponse.

Le caméraman qui avait filmé toute la scène remonta avec El Biar dans le véhicule de l'armée qui repartit en trombe dans un nuage de poussière.

Chapitre 6 : Saya

Abdullah avait réuni les chefs de tribu alliés.

Ils étaient venus là, tous les quatre, Abdulrahman le fier, Ghanim le noir, Zubara l'implacable, et Silal le magnifique, tous quatre réunis autour d'Abdullah. Tous présents, représentant les tribus du nord et celles du sud-est, toutes celles hostiles aux Al Banim.

Abdullah Al Tarik prit la parole.

« Mes amis, mes frères, je vous ai réunis ce soir car le moment si longtemps attendu semble enfin venu ; sombre, lugubre et funeste, l'empire de Jaffar vacille ; la décision que nous avons à prendre ce soir, décision ô combien capitale, engagera à jamais l'avenir de notre pays » Abdullah transfiguré s'arrêta pour marquer la solennité de l'instant. Il reprit, moins emphatique.

« Je sais que les ouvriers népalais, ceux-là mêmes qui bloquent le chantier du stade Idhad, vont bientôt être chassés par la troupe aux ordres de l'émir félon. Ils nous demandent à nouveau de l'aide. Qu'en pensez-vous, mes frères ? »

« Toujours je préférerai les wataris au népalais ! » déclara avec hauteur et condescendance Zubara, approuvé en cela par les trois autres, ajoutant dans une répugnante grimace : « ces chiens d'étrangers infidèles qui colonisent notre pays doivent tous sans exception quitter le Watar ! ». Sa voix tonnait pleine de morgue. Il semblait en parlant que sa stature fût soudain devenue plus haute.

« Certes, reprit Abdullah, et vous serez sans doute d'accord avec moi pour dire que les wataris sont bien mal dirigés aujourd'hui par un homme dépravé qui livre sans vergogne notre nation aux foules barbares de travailleurs venus d'au-delà les mers nous rendre minoritaires en notre propre pays » Les quatre hommes acquiescèrent, échangeant entre eux des regards emplis de haine.

« Il est temps pour nous, au-delà du soutien de façade apporté jusqu'à présent à ce mouvement si prévisible, conséquence inéluctable de la mauvaise politique d'un mauvais émir, face à ce mouvement qui au fond ne nous concerne d'aucune façon, que nous n'approuvons pas, il est venu pourtant pour nous le temps d'agir ! »

« A quoi penses-tu, au juste, Abdullah Al Tarik ? » demanda perplexe Silal.

« C'est très simple mes amis. Servons-nous de la situation pour porter les premiers coups au pouvoir en place, le décrédibiliser et préparer ainsi sa chute. Pour cela, ce qu'il nous faut, c'est que cette affaire finisse dans un bain de sang ! Un bain de sang népalais, bien sûr ! »

« Qu'est-ce que tu veux dire Abdullah ? Qu'est ce que tu proposes ? » reprit Silal

« Feignons de poursuivre notre soutien, de l'intensifier même, et disons aux népalais de rester sur place sans opposer aucune résistance ; de toute manière, sans notre aide, ils ne peuvent pas grand-chose. Pour les motiver, pour éviter qu'il n'y ait plus personne quand l'armée viendra les déloger, il faut leur laisser l'espérance, leur dire qu'au moment même où l'armée marchera sur eux, nos troupes et la partie des forces armées qui nous est favorable, dirigée par le général Kassem Al Banim en personne, propre cousin de l'émir, se dirigeront sur le palais. Une fois Jaffar renversé, qui plus est par un membre de sa famille, tout rentrera dans l'ordre. Nous leur dirons que nous prenons l'engagement de leur donner satisfaction sur toutes les revendications exprimées ! »

« Comment vont-ils gober un mensonge pareil. Tu perds la tête Abdullah ! » grommela impatient Abdulrahman « Kassem n'est pas prêt ; il hésite ; il tergiverse ; il gagne du temps ; tu le sais bien ! »

« Il n'hésitera pas très longtemps, je puis te l'assurer ! Si nous postons deux ou trois tireurs cachés derrière les grévistes, si ces deux ou trois hommes armés au moment même où l'armée marchera sur les grévistes tirent ensemble visant les officiers qui commandent la manœuvre, la troupe prise sous le feu, sans chef, répliquera immédiatement ; nous aurons notre bain de sang, un carnage qui déstabilisera à jamais aux yeux de l'opinion internationale Jaffar; le pouvoir sera juste à prendre ; Kassem n'hésitera plus, il nous rejoindra aussitôt ! »

« Tu es habile Abdullah, très habile » dit Ghanim « Je crois que ça pourrait marcher et si ça ne marchait pas, il serait en tout état de cause bien difficile de prouver quoique ce soit contre nous ! »

* * *

Abdallah était dépité.

La lettre de la Confédération Syndicale Mondiale dénonçant la barbarie sociale du Watar le perturbait.

Il n'avait certes jamais vécu dans la fiction commode auto-entretenue par le pouvoir en place d'un Watar terre d'accueil d'étrangers pauvres et miséreux, leur sauvant la vie, leur offrant un travail, leur permettant ainsi de se constituer un confortable pécule, confortable au regard du triste niveau de vie de leurs pays d'origine dans lesquels, une fois leur contrat de travail terminé, ils retourneraient s'installer, leur avenir et celui de leurs proches, assurés.

Il savait que la vérité était moins idyllique que celle propagée par le discours officiel ; il savait que l'exploitation assez sordide des expatriés constituait une des conditions majeures de la croissance économique du pays, une croissance qui avait encore atteint dix-huit pour cent l'année passée. L'extraordinaire prospérité des wataris reposait là-dessus tout comme cet incroyable confort matériel et moral, mélange étrange d'oisiveté quelquefois active et d'une opulence assise sur une fortune amassée sans effort.

Le Watar était bien cette nouvelle cité grecque réinventée en plein vingt et unième siècle, sur le modèle de celle des temps de Périclès, quand sept mille citoyens étaient servis par vingt cinq mille ilotes faisant fonctionner à leur seul profit le système de production, vingt cinq mille esclaves sur lesquels les citoyens avaient alors droit de vie et de mort. Sauf que là, l'échelle avait un peu changé, trois cent mille wataris exploitant, sous la houlette bienveillante de leur émir, sans réaction mondiale notoire, plus d'un million et demi de travailleurs immigrés.

Cette lettre venait une nouvelle fois le lui rappeler. Il savait tout cela, elle ne lui apprenait rien qu'il ne connût déjà ; mais ce qui le gênait, c'est que tout cela soit aussi bien décrit dans un document diffusé urbi et orbi, porté sur la place publique, mettant à la connaissance de tous, les fondements mêmes du système qui présidait au fonctionnement de son pays.

Abdallah était dépité aussi, car Walid, inflexible, ne voulait, semble-t-il, plus rien entendre.

Arc-bouté sur la loi watarie, il n'était prêt à aucune concession supplémentaire qui eût pu calmer quelque peu les esprits et l'opinion internationale. L'armée allait intervenir ; et si l'armée intervenait pour libérer l'accès au chantier, c'est tout simplement parce que Walid avait obtenu gain de cause auprès de Jaffar. Cette histoire pouvait dégénérer à tout moment. On avait pu contenir sans trop de difficulté les attaques de quelques ONG isolées. Même la Confédération Syndicale Mondiale, on saurait, si l'on s'y prenait bien, y faire face ; ce n'était après tout qu'un conglomérat hétéroclite de gauchistes attardés dans le monde triomphant, dominateur et sûr de lui-même, du libéralisme transnational économique et financier. Les gouvernements libéraux et même les autres sauraient bien vite discerner leur intérêt, gaz, pétrole et fonds souverains obligent. Mais avec l'intervention de l'armée, ce serait tout autre chose. Il serait bien ardu après de continuer à présenter le Watar comme cette monarchie démocratique islamique modérée, si soucieuse de faire progresser en son sein, les droits de l'homme.

Et puis, avec l'armée, tout était possible ; on ne savait jamais trop comment cela pouvait tourner...

Abdallah dépité fulminait.

Il était en colère contre Judith. Depuis la réception, elle refusait de le voir, prétextant un surcroît de travail. Il s'apprêtait à la demander en mariage, il lui avait présenté sa famille et elle, sans aucune explication, elle boudait dans son coin comme une gamine têtue. Incroyable ! C'est à peine, si elle lui répondait au téléphone. Elle ne comprend sans doute pas que je ne puisse obtenir plus pour ces maudits népalais dit-il à voix haute.

« Que dis-tu Abdi ? »

« Oh rien Heinrich, c'est Judith qui me tracasse ! »

« T'en fais pas, elle va revenir ta Judith, et plus vite que tu ne le crois ; un beau brin de fille au demeurant que tu nous as déniché là Abdi, on voit que t'es un homme raffiné ! Et tu veux que je te dise pourquoi elle va revenir bien sagement ta Judith, tout simplement parce qu'elle est folle de toi ; elle ne tiendra pas bien longtemps ; crois-moi, je te parle d'expérience, je sais ce que je te dis ; une femme amoureuse, ça se remarque ! » répondit Blazer affalé dans un fauteuil, regardant Aïda agenouillée entre ses deux énormes cuisses.

« Une de perdue, dix de retrouvé ! » gloussa Carla

« Mais moi, ce que je veux, c'est dix plus une, mes petites chattes ! » plaisanta Abdallah confortablement installé au milieu du lit entre Karima, collée tout contre lui, qui agaçait de sa langue le lobe de son oreille droite et Carla dont il recommença, pensif, à caresser doucement le sein droit, sentant durcir avec plaisir le mamelon tout rose, gorgé de sang.

* * *

Tout le monde n'était pas là, loin s'en fallait.

Mais, qui aurait pu blâmer les absents ?

Le travail de communication souterrain de Kris et de ses non-grévistes, les exhortations, les menaces de Kamel, d'Ali et des autres contremaîtres avaient porté leurs fruits. Autour d'Himal et de Basnet, outre Saya et Jagat, seule une petite trentaine d'ouvriers avaient répondu présents, se serrant les uns contre les autres.

Saya tremblait un peu ; il ne faisait pourtant pas froid.

Plusieurs véhicules militaires leur faisaient face dont un muni d'un canon à eau. Une centaine de soldats armés de fusils automatiques en étaient descendus.

« Etrange comme l'eau ne leur coûte rien ! » pensa Himal. Les casques et les visières des soldats brillaient au soleil levant.

« S'il avait fallu se battre, on aurait eu au moins cet avantage, poursuivit-il pour lui-même, ils ont le soleil dans les yeux ! ».

Les consignes données par Himal et Basnet, après le message reçu d'Abdullah, était claires, n'opposer qu'une résistance passive, « à la Gandhi » avait cru bon d'ajouter Basnet, tout simplement en s'asseyant en travers de la route d'accès au chantier, dès que les militaires feraient mouvement sur eux. Himal n'arrivait pas vraiment à croire au fond de lui à cette tentative de coup d'état annoncée par Abdullah.

Mais que pouvait-il faire ?

Il n'avait guère le choix. Face à des hommes en armes, on ne pouvait évidemment rien tenter. Si ce n'est opposer une résistance symbolique. C'est ce qu'ils avaient décidé de faire. On verrait bien après quelle tournure prendraient les événements.

Le lieutenant-colonel El Biar s'avança, demandant au porte-voix à parlementer avec les responsables du mouvement.

Himal et Basnet sortirent du rang compact formé par leurs camarades et allèrent, démarche lente, visage grave, à la rencontre d'El Biar. Ils s'arrêtèrent à deux mètres de lui.

« Messieurs, il est sept heures cinquante-cinq. Je vous demande une dernière fois d'évacuer les lieux ; je n'ai aucune envie d'engager un affrontement avec toutes les conséquences que vous pouvez imaginer pour vous. Mais ne vous méprenez pas, je le ferai s'il le faut ! » déclara-t-il d'un ton ferme et décidé.

« Nous ne souhaitons pas nous battre et nous ne nous battrons pas contre vous, répondit Himal déterminé, vous voyez, nous ne sommes pas armés. Mais nous ne bougerons pas d'ici ! »

« Comme vous voulez. Mais je vous le répète pour la dernière fois, El Biar marqua un temps d'arrêt pour regarder sa montre, si vous n'êtes pas partis dans cinq minutes, je donne l'ordre à mes hommes de vous chasser, de gré ou de force. Est-ce bien compris ? »

« Parfaitement compris, colonel, de gré ou de force ! » répéta Himal les yeux ancrés au plus profond de ceux d'El Biar. Celui-ci soutint une bonne dizaine de secondes le regard d'Himal.

« Comme vous l'entendez ! » conclut-il sèchement et, tournant les talons d'une façon un peu théâtrale, il repartit vers la troupe.

Cinq minutes plus tard, les militaires commencèrent à progresser vers la ligne dense et serrée des grévistes.

Un coup de feu retentit, puis un deuxième suivi d'un troisième. El Biar tomba le premier, puis deux autres gradés.

Un déluge de feu s'abattit sur les ouvriers.

* * *

Jagat sentait le vent sur son visage.

Un vent chaud, poussiéreux, sale, charriant de minuscules particules de sable. Le vent le sortit de son engourdissement. Mais était-ce bien de cela dont il émergeait péniblement ? Il lui semblait plutôt sortir d'un néant qu'il aurait volontiers qualifié de bienfaisant, plongé dans cet état de semi-conscience où la réalité commence à se mêler aux rêves, juste avant que l'on ne se réveille d'un sommeil long, profond et réparateur, cherchant par tous les moyens possibles à le prolonger, afin qu'il dure encore un peu, qu'il ne s'arrête pas si tôt, si vite.

Il était allongé là, étendu et sans force. Il se contraignit dans un brusque raidissement de toute sa volonté à ouvrir un œil, puis le second. Il eut du mal à reconnaître où il était. Il ne voyait plus ni tentes, ni piquet de grève. Il lui semblait être au fond d'un trou, était-ce un trou ou un cul de basse fosse ? Non, c'était plutôt un fossé, tout droit, bien creusé, bien propre, un fossé tout rectiligne destiné à recevoir câbles et canalisations. Il aperçut dans le ciel une des grues de la WBCC qui luisait inerte, inutile au soleil. De sa flèche pendait un long filin d'acier terminé par un crochet qui lui semblait, vu d'où il était, porteur de sombres et funestes présages.

Il pensa confusément à un croc de boucher ; il vit l'espace d'un instant, très distinctement un corps immolé, planté sur le croc, le croc enfoncé entre les deux omoplates, un homme supplicié suspendu au filin, se balançant doucement au dessus du sol ; il se mit à trembler ; l'image du pendu se voila ; il avait clairement reconnu dans le cadavre, au rictus grimaçant, traits figés, déformés par l'horreur, son frère Himal. Il chassa de sa pensée la terrible vision.

Il reprit ses esprits. Il avait chaud, il avait froid ; il était couvert d'une épaisse couche de crasse, mélange de sable et de poussière, lui collant à la peau, recouvrant ses vêtements. Grâce à la grue, il put se situer ; il savait maintenant où il était ; cela lui revenait ; il était à l'intérieur du stade, dissimulé des regards, au milieu de l'enceinte qui se construisait, couché sur le dos dans son fossé, non loin de ce qui serait bientôt le rond central de la pelouse synthétique du stade Idhad, là où serait donné dans trois ans et demi le coup d'envoi du premier match de la coupe du monde de soccerball 2034.

Il poussa un gémissement de douleur qui acheva complètement de le réveiller. Son bras droit ensanglanté, pesant, inutile, le lançait par moment. Il était si faible, bien plus faible qu'il ne l'avait jamais été, même aux pires moments des pires travaux forcés d'Ali, qu'il eût du mal à se redresser. Il y parvint quand même. Assis, sa tête émergeait à peine de la fosse, au ras du sol ; il tenta de crier à l'aide, aucun son ne réussit à franchir le seuil de ses lèvres. Il se ravisa. Il fit un nouvel effort pour se mettre debout ; tremblant comme une feuille morte, frissonnant de la tête aux pieds, à peine redressé, il retomba aussitôt à genoux au sol. Il avait mal à la tête. Epuisé, fébrile, il se laissa glisser à terre ; c'est encore allongé qu'il était le mieux ; il allait attendre ainsi, attendre quelques instants pour récupérer, juste quelques instants, attendre le temps qu'il fallait, puis il se redresserait, après, pour chercher des secours ; il fallait juste qu'il se repose un tout petit peu, avant.

Un flot d'idées confuses envahit son esprit embrumé. Il se vit comme dans un ralenti de cinéma se retourner bouche bée vers le bruit d'une détonation avant que tout ne devienne la seconde d'après, bruit, cavalcade, fracas et bousculade, terrible fureur.

Et puis, sans suite logique apparente, il se vit courir dans un immense champ de blé, au milieu d'une foule de spectres sanguinolents, de fantômes blafards, enjambant des corps grimaçants qui tendaient leurs mains vers lui, accrochant ses pieds, agrippant ses chevilles pour l'empêcher de passer.

Il entendit Basnet , oui, il en était sûr, c'était Basnet, crier de fureur « ces fumiers, ils nous tirent dessus, ils nous assassinent ! » avant de s'écrouler sans un râle, raide mort, un tout petit trou rouge à la base du front, juste au-dessus du nez ; il vit aussi Himal prendre Saya par la main, la presser de courir ; il la vit trébucher, une fois, deux fois, trois fois, peut-être ; il la vit perdre une de ses chaussures, puis chuter lourdement au sol ; il vit Himal allongé à ses côtés, la protégeant de son corps ; il le vit se redresser soudain, Saya dans les bras, courir comme un dératé vers un repli de terrain là-bas en direction du métro, puis il ne vit plus rien.

Il sombra de nouveau dans l'inconscience, dans le néant bienfaisant.

* * *

Himal entendait au loin les soldats crier, mais il ne comprenait pas ce qu'ils disaient.

Il ne cherchait pas à les comprendre d'ailleurs.

Tétanisé, il voyait Saya pâle et livide, les yeux fermés, respirer avec difficulté ; sa poitrine se soulevait puis s'affaissait d'un bloc ; il la redressa, l'adossant un peu mieux contre l'espèce de talus qu'ils avaient contourné, les cachant aux yeux de la troupe.

Saya avait perdu beaucoup de sang, beaucoup trop, peut-être; une sale plaie au ventre ; il avait confectionné comme il avait pu, avec des lambeaux de sa chemise, une compresse. La compresse était imprégnée d'un sang chaud et gluant. Il n'était pas sûr d'avoir réussi à arrêter l'hémorragie, tout même laissait penser le contraire.

Il n'était peut-être pas trop tard.

S'ils se rendaient, les soldats ne tireraient pas, sans doute. Saya pourrait être soignée.

Himal se leva.

« N'y va pas ! Ne me laisse pas seule ! » jeta dans un souffle Saya. Himal, anéanti par le son de sa voix, s'agenouilla immédiatement à ses côtés, lui prenant la main, cherchant à la réconforter.

« Je vais me rendre Saya, calme-toi ; et ils viendront te chercher pour te soigner ! » dit-il aussi calmement qu'il lui était possible.

« Cela ne sert à rien Himal … Je sais que je vais mourir » articula-t-elle péniblement. Himal, penchée sur Saya, sentit ses yeux se gonfler de larmes, l'une d'entre elles tomba sur le visage endolori de Saya.

« Ne dis pas de bêtises; tu vas t'en sortir » lui répondit Himal d'une voix brisée par l'émotion.

Le teint de son visage était devenu d'une pâleur marmoréenne.

Elle respirait de plus en plus difficilement, suffocant par moment. Elle avait sur la figure un air d'inquiétude, d'égarement. Elle se mit à trembler de tout son corps. D'une voix sourde, s'apaisant soudain, elle demanda à Himal, son visage redevenu serein:

« Embrasse-moi ! ».

Himal la prit dans ses bras ; il posa ses lèvres presque timidement sur les lèvres pâles et froides de Saya. Elle prit sa bouche avec passion, de toutes les forces qui lui restaient ; il lui rendit son long baiser.

Puis, elle passa sa main doucement sur ses lèvres, dit dans un murmure presque inaudible je t'aime, jeta à Himal un regard égaré au fond duquel brillait encore frêle et ténue toute l'intensité d'un immense amour, elle frissonna une dernière fois, sa tête partit soudain en arrière ; elle mourut dans ses bras.

* * *

Abdallah était fou de rage.

Comment avait-on pu en arriver à un tel carnage ?

Quinze morts parmi les ouvriers, dix blessés dont six salement atteints, en soins intensifs à l'hôpital universitaire Avicenne de Ba'adek, cinq en fuite dont un des deux leaders du mouvement, tous les autres incarcérés à la prison centrale dans des conditions de détention épouvantables et pour lesquels il pressentait, s'il n'arrivait à faire prévaloir son point de vue, un jugement expéditif tant était grande la colère de Jaffar et de tous les wataris, après les meurtres du lieutenant-colonel El Biar, d'un de ses officiers et d'un sous-officier.

Un conseil de crise avait été convoqué d'urgence par Jaffar au palais à quinze heures. Abdallah y participerait avec les ministres concernés, au premier rang desquels le ministre de l'intérieur, celui des affaires étrangères, celui de la communication, en présence aussi des deux cousins jusqu'au-boutistes, Kassem, le général en chef des armées wataries, et Walid le président de la WBCC.

C'était toute la réputation de l'émirat, sa crédibilité internationale qui menaçait de s'écrouler si l'on n'arrivait pas à prendre les bonnes décisions pour se sortir de ce très mauvais pas.

Qu'allait-il pouvoir dire à Judith ?

Il n'avait pas eu de ses nouvelles depuis la réception au stade central de Ba'adek ; elle n'avait pas répondu à ses derniers messages téléphoniques, ni à ses textos.

Abdallah composa son numéro. Elle décrocha aussitôt.

« Mon amour ... » commença-t-il vite interrompu par Judith

« Mais qu'est ce que vous avez fait, vous êtes fou ou quoi ? »

« Je n'y suis pour rien ma chérie. L'armée devait intervenir sans faire usage de ses armes. Je suis comme toi Judith, je cherche à comprendre. J'ai conseil cet après-midi au palais, j'en apprendrai peut-être plus ... »

« Connais-tu les noms des morts et des blessés » l'interrompit Judith, d'une voix tremblante.

« Je n'ai pas toutes les informations ... mais je sais déjà que Basnet est mort, Jagat blessé, Himal et Saya en fuite ... ». Après un long silence, Judith reprit.

« Viens me voir ce soir Abdallah ; je serai chez moi à dix-huit heures trente. Est-ce que tu peux venir ? ». Elle s'arrêta de parler.

« j'ai besoin de toi » ajouta-t-elle dans un souffle d'une voix plus douce,

« Oui, mon ange, j'y serai, je t'aime, à ce soir ! »

« A ce soir » répondit Judith. Elle raccrocha.

Il y a du mieux pensa Abdallah. Finalement, cette catastrophe va peut-être avoir du bon. Il faut qu'on arrive à tirer au clair cette ténébreuse affaire et à calmer les médias internationaux ; il ne manquerait plus qu'on nous reprenne la coupe du monde ! Et si j'arrive à tirer Himal, Saya et Jagat du pétrin dans lequel ils se sont fourrés, Judith m'en sera éternellement reconnaissante. Elle ne pourra alors plus rien me refuser …

* * *

Les mines étaient graves, les visages soucieux, les traits tirés, la tension palpable. Une atmosphère lourde entourait les membres du conseil convoqué par l'émir.

Jaffar présidait la séance. Il en avait précisé dès le début les objectifs, comprendre ce qui s'était réellement passé, en appréhender les conséquences sur les plans intérieur et international, décider des mesures les plus à même d'y faire face.

Le ministre de l'intérieur, Aziz, petit homme brun et maigre, aux yeux durs profondément enfoncés dans leurs orbites, au visage sec et ridé, prit la parole à la demande de Jaffar pour faire le point sur l'enquête en cours. Il rappela en quelques mots la succession tragique des événements pour insister se retournant soudain vers Kassem sur le fait que lors de l'assaut, aucune arme n'avait été retrouvée entre les mains des grévistes népalais. Le général en chef opina d'un bref mouvement de la tête. Engoncé dans un uniforme qui semblait trop petit pour lui, Kassem détourna son regard du ministre de l'intérieur qui continua imperturbable son exposé.

Kassem fixa son attention sur un petit cheval de bronze fièrement campé sur quatre pattes courtes aux muscles saillants parfaitement rendus par l'artiste. L'œuvre était posée sur un long meuble bas d'acajou. L'encolure du petit cheval dépourvue de crinière formait une colonne longue, ronde et lisse, aux proportions inhabituelles, aussi haute que les pattes de l'animal ; la tête aux oreilles dressées droit vers le ciel, les naseaux arrêtés dans un frémissement encore perceptible, le regard du cheval fixé au loin, obnubilé par le pressentiment d'une présence pourtant encore invisible avaient un je-ne-sais-quoi d'oppressant que venait renforcer son attitude raidie, crispée, prélude peut-être à une fuite effrénée face à un danger dont l'approche encore à peine discernable mobilisait, l'obsédant, toute l'attention de l'animal.

Kassem avait pris sa décision depuis bien longtemps.

Aziz après avoir passé en revue différentes hypothèses en arrivait à sa conclusion. C'était incontestablement, pour lui, un coup monté par des ennemis intérieurs sans doute fédérés autour d'Abdullah Al Tarik pour déstabiliser le régime et créer au plan international les conditions favorables à une tentative de coup d'état. Bien sûr on n'avait aucune preuve et il serait sans doute difficile d'en obtenir. De toute façon, les tribus rebelles ne pouvaient rien, et c'était bien là toute la difficulté pour Abdullah, rien tant que l'armée resterait fidèle, conclut Aziz, regardant à nouveau Kassem.

Ce dernier interrompit manifestement à regret sa contemplation du petit cheval de bronze.

« L'armée est et restera fidèle, j'en réponds ! » dit-il laconique, d'un ton qui ne souffrait aucune réplique.

Après quelques instants de silence, Jaffar demanda au ministre des affaires étrangères Tarek de présenter une synthèse des principales réactions internationales.

Elles étaient mauvaises. La réaction générale dominante consistait à dénoncer un dérapage sanglant, conséquence somme toute logique d'une politique sociale archaïque ayant conduit des travailleurs expatriés exploités, poussés à bout, à se rebeller, à se mettre en grève pour obtenir une humanisation de leurs conditions de travail et de vie, pour lutter en quelque sorte contre une nouvelle forme d'esclavage ou pour le moins d'apartheid. Les pays démocratiques, alliés traditionnels de Jaffar, ceux qui bénéficiaient pour leurs entreprises des faramineux contrats et de la manne des fonds souverains wataris, tout en restant plus modérés, avaient demandé, face au bain de sang, souvent contraints et forcés par la virulence et l'ampleur des critiques médiatiques relayant et démultipliant les discours alarmistes de la Confédération Syndicale Mondiale et des organisations de défense des droits de l'homme, que toute la lumière soit faite sur les événements, appelant de leurs vœux à une évolution de la politique watarie en matière sociale.

Kassem écoutait Tarek, les yeux toujours fixés sur le petit cheval. Il avait pris sa décision, une décision longuement mûrie. Les propos d'Aziz et de Tarek ne faisaient que la conforter, une fois de plus.

Walid prit la parole à la fin de l'exposé de Tarek.

Tout en regrettant, avec un étonnant manque de sincérité qu'il ne s'efforça pas même de dissimuler, que les militaires aient été obligés de tirer, il constata avec plaisir, presque avec gourmandise, que l'ordre était enfin revenu ; les grévistes emprisonnés ou en fuite avaient été remplacés par d'autres ouvriers ; le travail avait repris sur le chantier. La fermeté avait payé. Il ne fallait surtout pas céder aux revendications des grévistes ; il ne l'avait pas fait et il avait eu raison.

« Si l'on avait cédé, cela aurait été s'exposer à de nombreux autres mouvements du même type avec toutes les conséquences néfastes sur l'économie que je vous laisse imaginer » insista-t-il avec véhémence.

Pour lui, il fallait faire le dos rond, la communauté internationale oublierait vite, comme toujours. Il fallait juste expliquer ce qui s'était passé, une provocation qui avait dégénéré, provocation qui pouvait être aussi bien le fait d'opposants politiques au régime comme le soulignait Aziz que de quelques grévistes manipulés, ayant perdu la tête. Le fait que l'on n'eût pas retrouvé d'armes ne signifiait rien, qui d'ailleurs s'en souciait ? Les grévistes en fuite avaient fort bien pu les emporter avec eux.

Ce qu'il fallait, c'était trouver des coupables pour calmer l'opinion mondiale ; et cela, disait-il, ne devrait pas être trop difficile. On a le choix entre les grévistes emprisonnés, on leur fera avouer tout ce que l'on veut à ces maudits sauvages, ajouta-t-il dans un mauvais sourire, et les tribus rebelles et en premier lieu, leur chef, Abdullah, qu'on n'aura aucun mal à présenter comme un leader extrémiste religieux hostile à toute forme de progrès, souhaitant rétablir une pratique dogmatique de l'Islam et chasser tous les étrangers, tous les infidèles de la terre sacrée du Watar. En disant cela, termina-t-il, on ne fera que répéter la stricte vérité puisque c'est en cela que réside tout le projet d'Abdullah ; il ne se prive pas de l'affirmer haut et fort à qui veut l'entendre !

Kassem avait pris sa décision ; il était un Al Banim.

Quand Abdullah l'avait approché, il n'avait rien dit. Il avait réfléchi, pesé le pour et le contre. Son débat intérieur avait été âpre, difficile ; sa décision, il l'avait prise, il s'en rappellerait toute sa vie, en croisant son reflet dans un miroir ; il avait cru y voir Jaffar et c'est vrai que physiquement il lui ressemblait beaucoup. Kassem restait un Al Banim. Au terme de son débat intérieur où l'attachement familial et la loyauté militaire l'avaient finalement emporté sur une hypothétique conquête du pouvoir, il avait tout raconté à l'émir.

Les liens avec Abdullah qu'avaient tissés au cours de ces dernières années, Kassem, dans un étourdissant double jeu encouragé par Jaffar, avaient permis de contrôler à distance les seuls opposants à la famille régnante, Kassem, faisant miroiter son potentiel engagement et celui de l'armée dont il était le premier responsable, à leurs côtés, une fois le moment venu.

Mais ce qui n'avait pas été prévu, c'était le soutien des tribus rebelles au mouvement des népalais et surtout la façon dont Abdullah l'avait exploité pour tenter de déstabiliser Jaffar, pensant ainsi forcer la décision de Kassem.

Kassem prit la parole.

« Si telle est la décision prise par l'émir, mon cousin, je me charge de réunir, de fabriquer, s'il le faut, toutes les preuves nécessaires contre Abdullah. Je sais que c'est lui qui a tout manigancé ! » affirma-t-il lentement en détachant chaque mot.

Jaffar donna la parole à Abdallah qui était venu, accompagné de Youssef.

Abdallah toussa comme s'il avait un chat dans la gorge, puis après un tout petit moment de silence où tous les yeux des participants convergèrent vers lui, il commença à parler d'une voix douce, qui s'enfla peu à peu au fil de ses propos.

« Ceux qui ont été à l'origine de ce drame doivent assurément être condamnés. Mais on ne condamne pas sans preuve. Fabriquer des preuves comme le suggèrent Kassem ou Walid serait s'engager sur une pente bien dangereuse. Et même, si nous trouvions et châtions au terme d'un procès juste et équitable, sur la base de preuves irréfutables, qui restent de toute façon à réunir, cela ne suffirait pas ! Nous sommes à la croisée des chemins. Comment en est-on arrivé là ? Quelle est la vraie origine de tout cela ? Voilà les seules questions qui comptent et que nous devons examiner. Ecoutons nos alliés, ne rejetons pas d'un revers de la main toutes les critiques de la presse internationale. Utilisons ces événements pour évoluer. Faisons preuve de mansuétude vis-à-vis des grévistes. Libérons-les ! Traitons avec plus de dignité et de considération les travailleurs étrangers. Corrigeons les excès que nous constatons. Il n'est pas normal que vingt personnes s'entassent dans un mobil home mal entretenu, au bord du délabrement; il n'est pas normal de leur confisquer leurs passeports ; il n'est pas normal que les contremaîtres détiennent tous les pouvoirs sur les chantiers, décidant de façon discrétionnaire de l'application ou de la non application des règles de sécurité, infligeant selon leurs humeurs du moment amendes et brimades. Nos moyens financiers nous autorisent à plus d'ambition en la matière sans que cela n'affecte le moins du monde le train de vie de nos concitoyens. Youssef est à mes côtés pour en témoigner. Il suffirait qu'on réorientât l'utilisation d'une infime partie de nos fonds souverains à l'amélioration des conditions de vie et de travail des expatriés pour régler définitivement le problème. Si nous ne le faisions pas, nous risquerions d'être mis au ban des nations, avec toutes les conséquences néfastes, contraires à nos intérêts que je vous laisse imaginer. L'heure de la réforme est maintenant venue. C'est cette évolution qu'il nous faut aujourd'hui conduire ! »

Tout le monde s'étant exprimé, Hassan, le ministre de la communication n'ayant pas souhaité intervenir, Jaffar prit la parole gravement.

« C'est bien comme cela Abdallah que nous allons présenter les choses au plan international. Youssef, je vous charge de chiffrer un plan d'amélioration des conditions de travail et de vie de nos travailleurs étrangers. Mais je refuse qu'ils soient traités comme des wataris. Ils ne doivent posséder aucun des droits attachés à la qualité de citoyen du Watar, ni droit de grève, ni droit de manifester, ni droit de circuler où bon leur semble sans autorisation préalable. Au-delà des réformes nécessaires mais mesurées qu'il nous faudra impulser et conduire, on peut ainsi envisager sans doute une augmentation limitée des salaires et une amélioration des conditions de logement, il importe aussi que nous soyons fermes, pour éviter que tout cela ne puisse jamais se reproduire. S'agissant des grévistes népalais, plus particulièrement de leur meneur en fuite, je ne ferai aucune concession. Il n'est pas acceptable d'entraver la liberté du travail. Ils seront donc jugés pour cela, jugés avec humanité certes, je le demande, mais ils seront jugés ; j'ai donné des consignes en ce sens au président du tribunal de Ba'adek. S'il s'avérait par ailleurs que ce sont bien eux, les grévistes népalais, ou quelques-uns d'entre eux qui étaient à l'origine de la mort d'El Biar et de ses deux subordonnés, tout comme d'ailleurs s'il était prouvé que c'est Abdullah ou ses complices qui ont organisé tout cela en coulisses, ils seraient condamnés à la peine capitale. Mais pour cela, il nous faudra des preuves réelles. Il est hors de question d'en fabriquer ! ».

* * *

Judith se rappelait de tout.

Les services de police wataris, du fait de la proximité entre les deux chantiers, celui du SRT et celui du stade Idhad, avaient averti Beauclair de l'intervention des troupes d'El Biar. Beauclair ne voulant risquer aucun incident, avait préféré accorder une journée de congé à tout le monde. Le commissaire Mansouri l'avait assuré que cela suffirait amplement, ajoutant que la situation serait débloquée le matin même.

Beauclair en avait aussitôt informé Bronson au siège de Léonardi à Alfortbourg.

Bronson avait une nouvelle fois insisté pour que Judith n'aille plus mettre son joli minois, avait-il dit, dans toute cette foutue histoire, ajoutant ironique « une future princesse watarie soutenant un mouvement de grève contre la WBCC ferait un peu surréaliste, vous ne trouvez pas mon cher Beauclair ? » puis plus sérieusement « Je ne veux surtout pas qu'un cadre supérieur de Léonardi s'immisce dans une affaire intérieure du Watar qui ne regarde que l'émir et ses ministres ; soyons prudents, ne commettons pas une erreur qui pourrait nuire à nos affaires ».

Beauclair avait relayé les deux messages de Bronson à Judith, l'ironique et le sérieux. Elle avait haussé les épaules, sorti son sourire le plus enjôleur pour répliquer vertement à Beauclair :

« Ma vie privée ne regarde que moi, que Bronson s'occupe de ses fesses ! », ajoutant cette fois-ci avec une moue d'agacement, au demeurant charmante, « et sans m'immiscer dans aucune affaire qui pourrait compromettre le business de Léonardi au Watar, je suis quand même libre de choisir mes amis que ce soit un prince watari ou des ouvriers népalais ! ».

Beauclair n'avait pas insisté.

Judith n'en avait fait qu'à sa tête, comme toujours.

Elle avait assisté à la fusillade, cachée dans un des mobil home servant de bureau sur le chantier du SRT, d'abord médusée puis horrifiée.

Elle avait entendu nettement les trois premières détonations, croyant d'abord à quelques pétarades d'un moteur récalcitrant ; elle avait vu ensuite, stupéfaite, le chef des militaires, celui qui avait parlementé un long moment avec Himal et Basnet, s'écrouler, suivi de deux autres militaires, et puis, soudain un tonnerre de feu et de mitraille s'abattre sur les népalais, débandant en quelques secondes leur petite troupe compacte; elle avait vu Basnet tomber parmi les premiers, puis les autres, ceux des premiers rangs surtout, fauchés à terre ; elle avait vu des blessés hurlant de douleur, couverts de sang, chercher à s'enfuir, certains boitant, d'autres rampant sur le sol, d'autres une nouvelle fois touchés retombant à terre pour ne plus se relever; elle en avait vu crier au secours, d'autres hurler au cessez le feu ; elle avait vu Jagat, le bras en sang, courir zigzaguant avec quelques autres vers le stade Idhad ; elle avait vu Himal prendre par la main Saya ; elle avait vu la jeune femme trébucher à plusieurs reprises puis lourdement s'affaler dans la poussière ; elle avait vu Himal la relever, la prendre dans ses bras, contourner les tentes du piquet de grève, la porter longtemps dissimulé derrière un talus, à l'abri des coups de feu, à l'abri des regards pour s'effondrer épuisé, tétanisé par l'effort à quelques mètres à peine du chantier du SRT, seul, emportant Saya, à n'avoir pas fui derrière lui dans l'espace découvert conduisant au stade; elle avait vu Himal se redresser comme s'il voulait partir puis Saya tendre la main vers lui ; elle l'avait vu le prendre dans ses bras ; elle avait vu les soldats lorsque la fusillade avait cessé, faute de combattants, avancer lentement vers le piquet de grève dévasté, évacuer les morts, donner les premiers soins aux blessés dans l'attente des secours, faire prisonnier les rescapés de la tuerie restés sur place, allongés par terre, feignant la mort et aller chercher ceux enfuis vers le stade et ses alentours.

Comprenant que les militaires, à un moment ou à un autre, allaient découvrir Himal et Saya, elle n'avait pas réfléchi, elle était sortie de sa cachette, avait couru ; elle avait tout de suite compris voyant

Himal en sanglots serrant contre lui le corps inerte de Saya ; elle lui avait parlé doucement, lentement, le forçant à revenir à la réalité ; il ne voulait pas partir ; il voulait rester avec Saya ; elle avait réussi à le convaincre ; il avait accepté de s'en aller, emportant la dépouille de Saya avec lui ; il l'avait enterrée sur le chantier du métro, à l'entrée du tunnel du SRT, récupérant dans un des mobil home une pelle et une pioche ; ils s'étaient recueillis ensemble devant la tombe quelques instants, puis ils étaient partis dans sa voiture, chez elle. Il y était resté quelques heures à peine. Judith avait conduit Himal dans la vieille ville, à une adresse qu'il lui avait indiquée; il l'avait remerciée, lui avait dit de ne pas s'inquiéter pour lui ; il lui avait dit qu'il reviendrait chercher le cadavre de Saya, la nuit ; il lui avait dit aussi que là où il allait, il serait en sécurité ; elle l'avait cru ; elle l'avait embrassé ; ils s'étaient séparés.

* * *

Judith était perdue, submergée par une foule de sentiments contradictoires, ébranlée par les scènes auxquelles elle avait assisté, dans l'attente de la venue d'Abdallah.

Quand la sonnette retentit dans le vaste appartement, son trouble devint palpable ; c'était la première fois qu'elle allait LE revoir depuis la réception qui avait suivi la finale du tournoi.

Ses sentiments étaient confus.

Etrange mélange d'horreur, de honte et d'exaltation.

L'horreur sans nom que lui inspirait la répression sanglante de la grève, la mort, l'enterrement clandestin et sordide de Saya, la fuite d'Himal, tous ces tragiques événements qui avaient brisé tant de vies dont elle persistait pourtant à exonérer Abdallah, pour la seule raison qu'elle l'aimait.

La honte diffuse de sa faiblesse dont elle s'accusait, se fustigeait et se félicitait aussi d'avoir accepté, docile et soumise, ce quasi adoubement de la part de la famille royale et, par là-même, elle le pressentait, son statut prochain de future nouvelle épouse du prince héritier.

L'exaltation, encore, malgré et contre tout, suscitée par l'attachement passionné de tout son être, à cet homme qui chaque nuit depuis qu'elle avait décidé d'essayer de ne plus le revoir pour tenter de recouvrer ses esprits, revenait dans ses rêves de nouveau l'enchanter et la faire languir de son absence, annihilant toute résistance, toute volonté, occultant toute autre réalité, tout entendement, toute compréhension, la livrant faible et désemparée au seul empire de ses sens, à ce désir sauvage qui emportait tout, tourbillon d'amour, de rage et de folie, implorant, suppliant qu'elle cessât de s'infliger à elle-même une torture qu'elle ne pouvait plus supporter, pour enfin le retrouver et se jeter dans ses bras.

Dès qu'il entra, impitoyable et implacable souverain de son cœur, la magie opéra.

Sans le savoir, sans même s'en apercevoir, elle s'était parée pour faire disparaître les derniers scrupules qui la retenaient et le conduire, l'enchaîner, dès le premier regard à elle. Ce regard fût un sourire, ce sourire, un baiser.

Pieds nus, moulée dans une simple robe noire laissant admirer sa taille souple, redessinant ses formes d'une façon que certains auraient sans doute pu qualifier d'indécente mais qui n'était rien moins qu'un nouvel hommage à sa grâce, deux fossettes apparurent instantanément, malgré les drames, malgré les morts, à la vue d'Abdallah, deux magnifiques fossettes d'une fraîcheur faisant ressortir la finesse et la pureté cristalline des lignes de son visage.

Elle s'élança vers lui avec une fougue enfantine, elle n'était plus maîtresse d'elle-même.

Il la regarda venir, se précipiter, saisi par un violent désir, ébloui par tant de beauté ; La voir ainsi, c'était vouloir la posséder ; son regard de prédateur dévoila furtivement, sans qu'elle s'en aperçût, son appétit insatiable, son goût immodéré des femmes.

Elle succomba à nouveau, l'amour pardonne tout, les pires crimes, les plus grandes lâchetés, elle s'abandonna sans timidité, sans réserve, sans réticence. Le monde entier disparut emporté dans l'étourdissement d'un seul être, celui avec lequel elle ne voulait, elle ne pouvait plus faire qu'un, pour toujours.

Pour la première fois de sa vie, impétueuse et bouillante, sa nature exaltée s'imposait à elle, sans qu'elle n'y pût rien opposer ; depuis qu'elle s'était unie à Abdallah, il lui semblait que son âme révélait enfin un peu de son mystère, dévoilant sa véritable nature, la rendant prête à tout sacrifier pour conserver ces instants magiques et rares où il lui semblait qu'elle pouvait saisir la vie, s'en emparer, elle qui l'avait traversée jusqu'à présent sans jamais penser un seul instant qu'une telle puissance, une telle force, une telle jouissance puissent un jour la submerger. Elle qui se croyait raisonnable, calme et réfléchie, à l'abri des tumultes de la passion, elle se découvrait ardente, impulsive, irraisonnée, et cette ardeur lui faisait découvrir des territoires inconnus, inexplorés, des trésors et des élans du cœur, de l'âme et du corps dont elle n'avait jamais soupçonné jusqu'à présent l'existence.

Abdallah exultait, la tenant sous sa coupe.

Heinrich avait raison.

Elle était toute à lui.

Sa faiblesse était palpable, sa soumission totale.

Après l'embrasement des corps, il éluda sans peine ses questions alibis sur le conseil de crise ; elle lui dénia, au comble de son bonheur à l'opposé de toute vraisemblance, quelque responsabilité que ce fût dans le drame qui avait frappé Saya et les ouvriers népalais ; il s'indigna qu'elle eût aidé Himal à s'enfuir, s'inquiétant à plusieurs reprises qu'on ait pu la surprendre, la voir en compagnie d'un fuyard et d'un hors la loi.

Elle baissa la tête sous le reproche de son amant, s'en voulant de renier toutes ses convictions, de ne pas exiger plus de lui, de voir ses protestations étouffées sous les baisers et les caresses, s'en voulant et pourtant voulant tout oublier, voulant que tout s'anéantisse sous ses baisers, sous ses caresses.

Abdallah partit, la laissant désemparée par son départ, humiliée une fois encore qu'il n'ait rien dit et rien voulu faire pour ses amis, drapé dans son devoir de dirigeant et de futur chef du Watar, désespérée en recouvrant progressivement l'usage de sa raison, celle qui l'avait conduite à aider Himal, à s'insurger, à se rebeller contre un Etat et un pouvoir, celui de Jaffar, bientôt celui d'Abdallah, prônant si directement, si ouvertement l'avènement d'un nouvel esclavage.

Perdue, elle l'était ; elle aimait réellement, elle aimait pour la première fois et cette passion qui la consumait, défiait tant son intelligence que de lourdes larmes envahirent bien vite ses yeux pour s'y déverser longtemps encore après le départ d'Abdallah.

* * *

« Elle est prête, se dit Abdallah en rentrant au palais. Je n'ai plus qu'à cueillir le fruit. Judith sera bientôt ma troisième épouse. Il suffira pour qu'elle accepte que je le lui demande et si elle hésite que je menace de la quitter. Elle ne le supporterait pas ! ».

Carla était là qui l'attendait ; il lui avait demandé de venir, prévoyant une réaction tout autre de Judith. Elle avait quitté Heinrich pour s'installer au palais. Il l'embrassa et la congédia un peu rudement ; elle, ce n'était pas pareil ; il n'en ferait pas une épouse ; il l'avait prise tout simplement comme cela, parce qu'il avait eu une envie irrépressible de la prendre comme il en avait prise bien d'autres avant elle ; il l'avait faite en quelque sorte dame de compagnie d'Aïda et de Karima, la favorite blonde de ses deux brunes sultanes, pour la retenir un temps, une favorite qu'il pourrait chasser dès qu'il en serait lassé.

Chapitre 7 : Jagat

Yangani lui parlait.

Elle lui racontait leur première rencontre.

Mais toujours avant, elle l'excusait de ne pas être là ; elle lui disait qu'elle savait qu'il ne reviendrait pas ; elle lui pardonnait.

Elle lui disait aussi qu'au moment précis où elle le sentirait partir, c'est elle qui irait le retrouver ; elle s'ouvrirait les veines pour venir le rejoindre, pour être à ses côtés ; enfin.

Et elle lui racontait de nouveau leur première rencontre.

Le récit de Yangani, jamais ne lassait Jagat.

« Je garde mes plus beaux souvenirs de toi comme un trésor, lui disait-elle en souriant, quand je suis en peine, quand je pleure ton absence, j'y puise ; cela me réconforte.

Te rappelles-tu Jagat, la première fois ?

C'était hier, nous étions si jeunes encore, si malicieux, si frivoles, si plein de vie ; nous marchions côte à côte ; je ne sais plus pourquoi ; je ne sais plus vers où ; je sais qu'il faisait beau ce jour-là ; les parfums enivrants qui flottaient dans l'air étaient lourds et capiteux, émanation d'effluves mêlées, de fleurs sauvages, de foin fraîchement coupé, odeurs animales ; mon pied dans un faux pas avait heurté une pierre sur le sol tourmenté; j'avais failli tomber ; tu m'avais offert alors ton bras, ironique, et tes yeux m'avaient dit « prends-le, si tu l'oses ! » ; je l'avais pris par défi, par bravade.

Te rappelles-tu Jagat ?

On avait suivi ce chemin en pente douce, bras dessus, bras dessous, en riant de bêtises sans importance, de choses et d'autres, futiles et dérisoires, si heureux d'être là parce que nous y étions ensemble ; il soufflait un vent léger et agréable dont une rafale plus forte parfois soulevait mes cheveux qui venaient alors caresser ton visage. Et puis il y avait eu,

T'en souviens-tu Jagat ?

Ce talus à gravir. Tu m'avais donné ta main pour m'aider à monter ; au sommet de la petite butte, tu m'avais dit d'attendre, tu étais descendu seul devant ; en bas tu t'étais retourné, me regardant bien droit dans les yeux, un de ces regards perçants qui mieux que des paroles vous transporte, un regard qui annonce, qui promet, un regard qui séduit, qui envoûte et ensorcelle ; ce regard m'avait bouleversée ; il m'avait fait chavirer ; tu m'avais alors ouvert les bras, me disant, descends doucement belle Yangani.

T'en souviens-tu Jagat ?

C'était la première fois que tu me disais que j'étais belle. Tu avais répété une fois encore descends doucement belle Yangani, si jamais tu glisses, je te rattraperais et quand je t'aurai rattrapée, on s'envolera ensemble tous deux enlacés pour toujours au paradis.

Te rappelles-tu Jagat ?

J'avais glissé, dieu et mon cœur en avaient décidé ainsi. Et tu m'avais rattrapée et serrée dans tes bras ; c'est là que tu m'avais embrassée, la première fois »

Le récit de Yangani s'interrompit brusquement.

Deux hommes arrachèrent brutalement Jagat à sa couche, le prenant sous les bras. Ils le traînèrent ; il ne pouvait plus marcher, les jambes brisées, fracturées en de multiples endroits par dix coups de bâton, dix coups de bâton chaque jour infligés à une heure chaque fois différente. Il se retrouva de nouveau ligoté, allongé sur une table dans la longue salle basse et voûtée où on le torturait depuis des jours. Les coups reprirent, il hurla un cri qui devint une longue plainte, puis un gémissement continu à peine audible ; il s'évanouit.

Il se réveilla une fois encore ; il avait mal partout, son bras fracturé, fracassé par une balle, lors de la fusillade n'avait pas été soigné ; il suintait, il pourrissait, il puait, exhalant une odeur fétide.

Et puis, horrifié, il se rappela soudain ses aveux. Il avait tout accepté cette fois-là, il avait signé de sa seule main valide une longue déclaration où il s'accusait, où il accusait Himal, son frère, Basnet, son ami disparu, de la mort des militaires. Il avait eu du mal à signer, il tremblait si fort qu'il pouvait à peine tenir le stylo ; il voulait que cela cesse. Il voulait qu'on le reconduise dans sa cellule ; il voulait encore entendre Yangani. Il avait signé, mais ils n'avaient pas arrêté, ils avaient recommencé à le frapper ...

Il sombra lentement dans l'inconscience, fixa une dernière fois dans sa tête l'image lumineuse de Yangani qui se déforma peu à peu puis quand elle eut complètement disparu, abandonné, Yangani perdue, il expira dans un dernier souffle qui ne fut qu'un râle, abominable.

* * *

Himal se terrait chez Abdullah.

Pâle, défait et morne, quand il n'eut plus assez de larmes pour pleurer ses morts, d'effroyables désirs de vengeance l'assaillirent ; on lisait de la férocité dans son regard. Une haine implacable, animale s'était emparée de lui. Dans ses cauchemars toutes les nuits, il revivait les viols de Saya ; il revoyait la mort la saisir dans ses bras ; il avait encore sur ses lèvres, dans sa bouche le goût, l'odeur, la moiteur du seul baiser de Saya, celui qu'elle lui avait offert juste avant qu'elle ne disparaisse; chaque nuit, il entendait exploser la fusillade ; il voyait mourir Basnet; il voyait ses amis s'effondrer à ses côtés; il sentait le sang, la poudre ; il palpait l'effroi et l'horreur ; il se lamentait de la disparition de Jagat qu'il avait vu s'enfuir blessé, dont il restait sans nouvelles, il imaginait le pire, sentant confusément une douleur sans nom l'étreindre, un Jagat qu'il découvrait dans ses visions hallucinées, hagard et moribond, hurler à la mort.

L'horreur de ses nuits portait des visages, les visages suffisants, hautains et fiers de Kamel et d'Ali ; il y croisait aussi, sournois et malfaisant, Kris à la tête de ses déserteurs. Des envies de crimes le prenaient alors ; une sauvagerie bestiale, une volonté de détruire, de tuer les barbares s'emparaient de lui.

Il se réveillait alors en sursaut exténué, fiévreux, échevelé, frissonnant de la tête aux pieds.

Puis, l'idée s'était formée, peu à peu ; elle avait envahi tout son esprit; il n'avait plus pensé qu'à ça. Enfin, le jour était venu ; demain il agirait; et après il irait chercher le corps de Saya.

Ce fut la première nuit, depuis bien longtemps, où il ne fit aucun cauchemar.

* * *

Kamel se dirigea vers Dolma, la nouvelle secrétaire pakistanaise arrivée deux jours auparavant.

Jeune femme grande et brune, aux grands yeux noirs et aux longs cils recourbés, au sourire malicieux, pétillement de blancheur serti entre deux lèvres peintes d'un délicat rose incarnat, Dolma avait été choisie par Kamel, parmi les nouvelles arrivées.

D'un long regard appuyé et impudique, il la détailla attentivement des pieds à la tête, pendant qu'elle finissait de faire ses photocopies. Quand elle eut fini, il lui dit avec un imperceptible clignement des yeux:

« C'est pour ce soir ! ».

Elle le regarda en souriant, presque mutine.

« Je ne vais sans doute pas m'ennuyer avec elle » pensa Kamel.

Il sortit d'un pas lent et assuré.

Il avait une bonne heure devant lui pour faire le point, comme tous les lundis, sur l'état d'avancement des travaux avec Ali et tous les contremaîtres. Il rejoindrait ensuite Dolma chez elle.

En roulant vers le chantier du stade Idhad au volant du 4x4 aux couleurs de la WBCC, Kamel repensait aux derniers événements, s'adressant à lui-même des félicitations qu'il estimait amplement méritées.

Hormis ceux victimes de la fusillade, tués, blessés, emprisonnés ou en fuite, tous les autres népalais avaient repris le travail comme un seul homme, faisant de Kris leur nouveau leader ; un Kris, c'était une grande première pour un travailleur étranger, pour lequel il avait pu obtenir de Walid, une promotion qui, si elle ne changeait guère les conditions de travail de l'intéressé, l'avait toutefois propulsé représentant de tous les ouvriers népalais du labor camp, et lui avait permis, dans le plus grand secret, de doubler sa rémunération.

Des pakistanais étaient venus compléter l'effectif du chantier. Le travail avait repris le lendemain même de l'évacuation du piquet de grève, les cadences augmentées ; le retard pris serait sans doute compensé en grande partie. Le président Walid était satisfait de lui ; il le lui avait encore dit.

Seules des concessions minimes avaient été accordées, avec l'installation de quelques bungalows supplémentaires et la suppression des amendes sur salaire, concession au demeurant largement fictive puisque les amendes supprimées avaient été remplacées par un système alambiqué d'heures supplémentaires non payées venant sanctionner de façon toujours aussi discrétionnaire les manquements réels ou supposés à la discipline.

Et puis, il y avait la petite nouvelle qu'il avait recrutée, à qui il pensait sans cesse depuis ce matin, cette Dolma qui semblait ne pas avoir froid aux yeux et qui avait très vite compris que le secrétariat ne serait pas sa seule attribution auprès de lui ; il s'impatientait de la rejoindre.

Bref, après quelques moments difficiles, mais au final bien négociés, tout était rentré dans l'ordre.

Il arriva sur le chantier.

Il se gara là où s'était élevée l'une des deux tentes du piquet de grève, se demandant si c'était bien celle qui avait abrité les leaders du mouvement.

Basnet avait été tué lors de l'assaut.

Jagat retrouvé, inconscient, au beau milieu du stade, placé entre les mains des redoutables services d'Aziz, subirait sans doute bientôt le même sort.

Restaient Himal et Saya dont on n'avait pu retrouver la trace. Mais, seuls, sans aide, traqués par la police, ils n'avaient aucune chance de s'en sortir, se réjouissait d'avance Kamel pensant déjà au lourd châtiment qu'on ne manquerait pas de leur infliger; pour eux, aussi, ce serait la mort.

Kamel descendit de voiture.

Himal l'observait, dissimulé dans l'ombre du tunnel du SRT, à quelques pas à peine de l'endroit où reposait Saya, sous cette terre sombre sur laquelle il avait un long moment posé ses mains, paumes à plat, doigts largement écartés, avant de rejoindre l'entrée du tunnel où il se tenait à présent, résolu et déterminé.

Il était là, allongé et serein ; il attendait.

Kamel sortit du chantier avec Ali qu'il ramenait chez lui tous les lundis après la réunion des contremaîtres.

Himal visa soigneusement Kamel, à la tête. Il tira. Une détonation sourde retentit dans l'atmosphère. Kamel s'écroula au sol, foudroyé. Himal rechargea son fusil calmement puis ajusta Ali ; il pressa la gâchette, Ali penché sur Kamel s'écroula à son tour.

* * *

Abdullah l'avait aidé.

Il avait permis à Himal de venger Saya, de venger Jagat, aussi, dont il avait appris la mort des suites de ses blessures après qu'il eût, comme l'avait rapporté le journaliste d'Al Zamala, soulagé sa conscience des meurtres d'El Biar et de ses deux subordonnés, désignant Basnet et Himal comme les deux autres tireurs, co-assassins des militaires.

Abdullah avait fourni l'arme à Himal, un fusil à lunettes. Il l'avait fait entraîner par ses meilleurs spécialistes. C'est Abdullah aussi qui avait trouvé l'appartement, peut-être l'avait-il fait louer par un homme de paille tranquillement installé à l'abri dans les bureaux d'une petite société écran domiciliée loin à l'étranger. C'est dans cet appartement au dernier étage du petit immeuble situé en face du siège de la WBCC que se trouvait maintenant Himal guettant sa proie.

Après Kamel, après Ali, Abdullah avait insisté pour qu'Himal paye sa dette envers lui, en supprimant Walid. Himal avait rechigné un peu puis finalement accepté, le président de la WBCC n'était-il pas responsable par son arrogante intransigeance et son mépris infini des ouvriers de toute cette tragédie ?

Walid n'était pas encore sorti du siège de la WBCC. Himal pensa que cela ne devrait plus trop tarder ; la voiture du président venait juste de se garer devant l'entrée.

Tout s'était précipité en quelques secondes.

La porte de l'appartement avait été enfoncée.

Himal avait eu à peine le temps de se retourner ; il se rappelait s'être débattu, aux prises avec des hommes cagoulés de noir puis il avait perdu connaissance, saoulé de coups.

* * *

232

L'arrestation d'Himal faisait la une de tous les journaux.

Judith lisait et relisait l'article.

Elle n'arrivait pas à y croire. Himal meurtrier de Kamel et d'Ali, arrêté au moment où il s'apprêtait à assassiner Walid ! Ce n'était pas possible. Comme pour les aveux de Jagat, cela ne collait pas. Ce n'était pas les deux hommes qu'elle connaissait.

Et pourtant, pour Himal, c'était vrai.

Elle avait appelé Abdallah ; il le lui avait confirmé; l'arme du crime, l'arme des deux crimes avait déjà parlé.

Elle se rappelait les mots qu'avait prononcés Abdallah.

« Pour les aveux de Jagat, c'est sans doute un excès de zèle d'Aziz et de ses sbires ; ils en sont coutumiers ; mais pour Himal, en revanche, je puis te l'assurer, Judith, c'est la stricte vérité ; il n'a d'ailleurs pas cherché à nier l'évidence ; il a tout avoué ». Il avait ajouté ensuite d'un ton posé : « Il a été pris avant de tuer Walid parce qu'Abdullah nous l'a livré sur un plateau »

« Mais Abdullah est un opposant de ton père, n'est-ce pas ? »

« Oui, en fait, c'est Kassem qui a appris d'Abdullah qu'il cachait Himal ; il lui a dit qu'il voulait l'utiliser pour supprimer Walid et tenter à nouveau de déstabiliser le pays en frappant à sa tête une des entreprises phares de l'économie watarie; une fois le coup réalisé, il aurait sans doute fait disparaître Himal ; Kassem en a informé immédiatement Jaffar ; il a obtenu son autorisation, avec l'accord unanime de tous les membres du conseil de sécurité, Walid, Aziz, Tarek, Hassan, moi aussi, bien sûr, d'utiliser toutes ces informations pour mettre définitivement hors de course Abdullah ; Himal a abattu Kamel et Ali ; ces deux-là n'avaient aucune importance ; puis Abdullah a réussi comme prévu à armer Himal contre Walid ; il ne nous restait plus qu'à le cueillir avant qu'il ne frappe ; Aziz et ses services s'en sont chargé ; Himal ne tardera pas à dénoncer Abdullah ; Aziz sait s'y prendre pour faire parler les moins bavards; et au final, c'est Abdullah, traître à son pays, qui portera la responsabilité de la répression qui a noyé dans le sang la grève du stade Idhad ; les tentatives de déstabilisation fomentées par le chef des tribus rebelles, les preuves matérielles indiscutables prouvant l'assassinat des deux contremaîtres de la WBCC, celles qui attestent de la tentative d'assassinat contre son président, équilibreront les choses au niveau international ; notre puissance financière, nos réseaux, notre influence feront le reste ; la tempête s'apaisera ; le Watar pourra continuer comme avant ! »

« Que risque Himal ? » demanda Judith effarée par tant de cynisme.

« La mort ; il sera jugé demain ; il a tout avoué; il n'y aura pas de grâce ; il sera exécuté » avait répondu Abdallah laissant Judith sans voix.

« À ce soir, ma chérie » avait-il ajouté plus tendrement avant de raccrocher après avoir attendu quelques instants une réaction de Judith qui n'était pas venue.

« À ce soir » avait-elle enfin répondu en balbutiant.

* * *

Le monde entier venait de s'effondrer.

Au petit matin, juste après qu'Abdallah l'eût quittée, Judith avait reçu un appel d'Heinrich Blazer, l'homme rencontré lors de la réception donnée par la famille royale et qui lui avait fait ce jour-là des avances et des propositions si pressantes, si étonnantes, si déplacées qu'elle n'avait pas osé en parler pour éviter un incident dont elle pensait qu'il n'aurait rien eu de diplomatique.

Blazer lui avait tout raconté dans les moindres détails, sans rien lui épargner, multipliant les anecdotes croustillantes, rapportant par le menu faits, dires et gestes ; il lui avait raconté avec un mauvais plaisir dans la voix toutes ces nuits quelquefois au Watar, mais le plus souvent au cours de ses nombreux déplacements en Europe, toutes ses parties fines, toutes ces soirées d'orgies, où Abdallah payait des filles pour y mélanger ses conquêtes, les offrant sous ses yeux complaisants à des amis, à ses gardes du corps, à lui-même Heinrich, parfois à des fréquentations éphémères et douteuses, payées aussi pour cela, comme les filles.

Il avait tout dit à Judith, car aussi incroyable que cela pût paraître, Blazer n'avait pas accepté le départ de Carla ; elle avait su si bien s'y prendre avec lui qu'il s'y était attaché, étrange amour d'un vieux monsieur obsédé et pervers s'amourachant de cette fille, pas bien différente, ni plus belle, ni plus spirituelle que toutes celles qu'il avait auparavant séduites puis rejetées sans état d'âme particulier ; c'était un quelque chose de bizarre qu'il n'avait encore jamais éprouvé, lui, le libertin jouisseur, collectionneur de jolies filles, passant de l'une à l'autre avec un plaisir toujours renouvelé; il regrettait Carla et ne pouvait se résoudre à son départ. Il aurait peut-être pu l'accepter si cela avait été de son fait, si lui Heinrich, voulant s'en débarrasser comme des précédentes, l'avait voulu, mais cela ne s'était pas passé du tout comme ça ; Carla était partie charmée par le prince, sans un mot, sans un regard ; Heinrich s'était senti volé, dépossédé de sa créature, de cette fille qui lui devait tout, qui lui plaisait tant ; c'est pour cela qu'il avait décidé, sur un coup de tête, de tout révéler à Judith, par dépit sans doute, pour se venger surtout, pour empêcher une union qu'Abdallah semblait souhaiter par-dessus tout, plus épris qu'il ne voulait sans doute le laisser entendre ; Heinrich avait alors décrit à Judith un Abdallah en chasse d'une proie de choix, femme blanche occidentale d'origine juive, qu'il entendait bien soustraire à son seul bénéfice aux multiples convoitises qu'elle suscitait, pour la soumettre à ses seuls plaisirs, conscient de la terrible emprise qu'il exerçait sur elle.

Un Abdallah décrit par Blazer comme plus épris au demeurant de l'amour passionné et délirant que lui renvoyait Judith que de Judith elle-même. Il aimait qu'elle l'aimât ainsi, ne voyant que lui.

Odieux jusqu'au bout, après avoir brossé ce portrait d'Abdallah en jouisseur cynique ayant abusé d'elle, se faisant passer à ses yeux pour ce qu'il n'était pas, Heinrich avait proposé, à Judith, pour ajouter l'humiliation au désespoir, de venir le rejoindre, de quitter cet horrible obsédé sexuel comme il l'avait appelé pour se venger et soigner lui avait-il dit, son chagrin entre ses bras.

Elle lui avait raccroché au nez, coupant net la conversation, pour s'effondrer en pleurs.

* * *

« Blazer m'a tout dit ; ne cherche plus jamais à me revoir ».

Judith lisait sans cesse le texte du SMS qu'elle avait envoyé à Abdallah. Elle le déclamait à voix haute dans l'appartement vide, elle le répétait à voix basse, plusieurs fois, comme un mantra sempiternellement ressassé ; modulant les tonalités, elle en détachait les mots différemment, mélangeant les bouts de phrase ; elle s'étourdissait se le redisant, empruntant tous les registres possibles tour à tour comique, ironique, dramatique ou tragique.

Abdallah avait essayé à plusieurs reprises de la joindre sur son portable ; elle n'avait pas répondu, regardant d'un œil étrange, presque extérieur, le prénom du prince clignoter sur l'écran de son portable, apparaître un instant, puis disparaître.

Les révélations de Blazer l'avaient abattue.

Elle était comme morte, une morte aux yeux grands ouverts. Elle avait appelé Beauclair pour lui dire qu'elle ne viendrait pas travailler, qu'elle ne viendrait sans doute pas non plus les jours suivants, qu'elle attendait le médecin, fiévreuse, couchée, qu'elle ne savait pas au juste ce qu'elle avait, que ce n'était pas grave ; elle ne se rappelait plus exactement ce qu'elle avait dit. Beauclair, compatissant, compréhensif, presque paternel, lui avait répondu de bien se soigner, de le tenir informé de l'évolution de son mal.

Ce mal était terrible.

Elle était anéantie. La journée passa, morne, triste et longue, la nuit aussi. Seule, Judith ruminait de sombres pensées entrecoupées de folles et vaines espérances. Et si Blazer mentait, se prenait-elle soudain à espérer pour s'effondrer quelques instants après, se remémorant aussitôt tous ces détails ininventables qu'il lui avait livrés, ces dates coïncidant avec les absences du prince, ses messages à Abdallah qui certains soirs bizarrement demeuraient sans réponse un long moment, parfois jusqu'au lendemain matin.

Elle réétudiait les attitudes de son amant, ses regards, ses mouvements envers elle ; elle réentendait ses paroles y décelant enfin d'imperceptibles non-dits, quelques omissions coupables, des contradictions, flagrantes ; elle revoyait ses yeux et dans les yeux d'Abdallah, elle ne voyait plus l'amour, insensée et dupe qu'elle avait été, mais un désir irrépressible, maladif, obsessionnel de la posséder ; elle se voyait soupesée par lui comme un bel objet, jouet fantasmatique qu'il lui fallait, pour son usage exclusif, dérober à la vue du monde pour bientôt l'enfermer recluse, soumise à son bon vouloir, à son bon plaisir, dans une cage dorée, aux côtés de ses femmes, la plus belle, la plus brûlante, la plus torride de ses conquêtes. Elle revoyait dans les regards d'Abdallah qui la trompait hier encore, son impérieuse et exigeante volonté de la dominer, d'en faire sa chose ; elle y lisait le plaisir de sa jouissance celle déjà prise et celle qu'il prendrait demain encore ; elle y voyait luire, la volupté immense que lui donnait sa soumission acceptée, librement consentie, volontairement subie, cette soumission qui pourtant la comblait d'aise, qu'elle se plaisait à déposer aux pieds de son amant, à laquelle, vaincue et offerte, elle ne pouvait et surtout ne voulait plus se soustraire.

Elle pleurait Abdallah.

Elle pleurait son amour perdu. Elle pleurait aussi, lucide sans le savoir, droite, immobile et maintenant silencieuse, le front appuyé sur la vitre de l'immense baie qui dominait le golfe persique, la disparition qu'elle pressentait définitive, loin de lui, de toutes ces palpitations, de tous ces élans, de toute cette ivresse inouïe, de ce magnifique embrasement qui s'emparait d'elle à la vue de son prince maintenant déchu.

Elle pleurait tout cela qui ne ressemblait à rien de ce qu'elle avait pu connaître ou même imaginer jusque-là, jusqu'à sa rencontre avec Abdallah.

* * *

« Il fallait me le dire, je te l'aurai renvoyée aussitôt ta Carla ! » avait éructé une dernière fois Abdallah hors de lui avant de lui raccrocher au nez.

Quel abruti, ce Blazer !

Alors que je n'avais plus qu'à demander à Judith de devenir ma femme. Comment a-t-il pu me faire ça ? Comment a-t-il pu tout lui raconter ? Il est devenu gâteux ou quoi avec sa Carla ; en tour cas, il n'est pas prêt de la revoir celle-là, grogna-t-il à part lui.

Abdallah était furieux, pris d'une rage qu'il peinait à contenir, lui habituellement si maître de ses réactions, de ses émotions toujours calculées au plus juste de ses intérêts. Il est vrai que le SMS de Judith l'avait saisi au saut du lit alors qu'il quittait Aïda. Il avait tenté de joindre Judith à de multiples reprises, lui laissant message sur message autour du même thème :

« Tout cela n'a aucune importance puisque c'est toi que j'aime » déclaration floue, ambiguë dont il n'était maintenant plus du tout sûr de la pertinence aux oreilles de Judith.

Judith, il la voulait ; il percevait de tout son être qu'il ne s'en lasserait pas, qu'il ne se lasserait jamais de ce déferlement d'amour et de passion que constamment elle lui renvoyait, et cet imbécile taré de Blazer, cette source d'ineffable plaisir, ce déchaînement de sensualité brute, animale et primaire, il l'avait peut-être tari à tout jamais.

Il rappela Judith, qui ne répondit pas ; il ne laissa pas de nouveau message.

Il fallait absolument qu'elle lui réponde, qu'il la revoie, pour reprendre possession d'elle. Il fallait simplement qu'il trouve quelque chose ; autre que le pathétique « Tout cela n'a aucune importance puisque c'est toi que j'aime » qu'il lui avait envoyé et qui sonnait maintenant, quand il y repensait, si lamentablement creux et faux.

Il fallait qu'il trouve autre chose et vite…

* * *

Himal attendait.

Il attendait dans une petite cellule lugubre, assis sur un banc de pierre qui était un lit, les yeux fixés droit devant lui sur la porte étroite de son cachot ; il attendait et il pensait ; il pensait à Saya, aux quelques moments fugitifs de bonheur qu'il lui avait si chichement concédés, drapé dans son incommensurable orgueil, dans cette absurde petite dignité déplacée de tout petit homme si misérable, si insignifiant, passant sans même s'en apercevoir à côté de l'essentiel, de la vie, de l'amour, passant à côté de Saya; il attendait dans l'obscurité de cette quatrième interminable nuit passée en prison ; il murmurait pour ne pas attirer l'attention de ses gardiens ; il proférait des imprécations, il blasphémait ; il s'en prenait aux hommes, à leur folie destructrice ; il s'en prenait à dieu ; il l'accusait, il accusait l'univers entier de la mort de Saya ; il s'accusait lui-même.

N'y a-t-il pire condamnation que celle que l'on s'inflige à soi-même ?

Sa torture était terrible. Il avait cru supprimant Kamel et Ali, étouffer une partie de cette douleur dans la vengeance, il n'en était rien ; meurtres dérisoires au regard de la mort de Saya, couchée, ensevelie dans un tunnel dont elle ne sortirait pas, où il ne pourrait venir la chercher pour lui donner la sépulture qu'il lui avait promise.

Himal attendait.

Il avait attiré dans son délire les fantômes de Jagat et de Basnet. Il leur parlait à voix basse. Il les écoutait aussi. Des images lui venaient ; il revoyait Yangani quand Jagat l'avait quittée partant avec Himal vers Katmandou, première étape de leur long chemin jusqu'au Watar. Il se revoyait s'éloigner de quelques pas, leur laisser ce dernier moment d'intimité. Il entendait Jagat lui dire au bout de quelques minutes d'une voix sourde et basse « On y va » ; il s'entendait partir et il éprouvait la plainte étouffée de Yangani, immobile comme transformée en statue, le visage dévasté par la douleur.

Basnet parfois intervenait, fou qu'il était, chassant des pensées d'Himal, Jagat et Yangani comme s'il les congédiait un moment ou peut-être pour toujours, se disait frémissant Himal qui ne voulait pas les voir partir; Basnet pestant sans faire de bruit, pour ne pas attirer l'attention, dénonçant sans répit, sans relâche, l'obscénité de ce monde, appelant lui l'athée révolutionnaire au jugement dernier ; il tonitruait, il éructait en silence.

« Condamnez-les tous ces profiteurs, ces exploiteurs, ces violeurs de nos corps, de nos vies, de nos âmes ; condamnez-les tous et condamnez tous ceux qui savent nos souffrances, tous ceux nombreux qui savent et qui ne veulent rien voir, qui ne veulent rien dire, qui ne veulent rien entendre ; condamnez-les tous ces opulents personnages, tous ces dirigeants et tous leurs peuples aisés qui sachant la misère du monde, ne font rien et nous laissent mourir avec femmes et enfants ; condamnez-les tous, seigneur puissant, que vous soyez dieu ou diable ! ».

Himal élevait alors un peu la voix pour qu'il cessât ; il disait à Basnet : « Mais tais-toi donc misérable, tu n'es rien, tu es comme moi, comment peux-tu proférer de tels anathèmes, de telles malédictions ? Tu es comme moi, tu n'es rien, au fond de toi, tu n'as jamais connu l'amour, tu ne sais pas ce que c'est qu'aimer ».

Alors, Basnet, la tête basse et lasse sous le reproche se taisait, s'évanouissait dans un nuage et Himal de nouveau pouvait penser à Saya.

Himal attendait.

Il avait été condamné à la décapitation. L'exécution aurait lieu bientôt, encore deux longues journées et deux longues nuits à attendre. Himal dans sa cellule sombre, triste et lugubre, attendait cette mort comme on attend une délivrance.

* * *

Abdallah cherchait depuis trois jours.

Judith n'était pas revenue à son travail ; elle avait été arrêtée une semaine par le médecin; elle ne sortait plus de chez elle ; elle n'avait contacté personne d'autre que Beauclair et encore une seule fois au téléphone, le premier jour.

Bronson l'avait appelée pour s'enquérir de sa santé mais aussi et surtout de l'état de ses relations avec Abdallah. Elle n'avait rien dit de compromettant. Les services de renseignement et d'écoute téléphonique avaient été, sur ce point, formels et parfaitement rassurants.

Abdallah continuait de chercher comment renouer le contact avec Judith. Il s'était déplacé chez elle. Elle avait refusé de lui ouvrir.

Un nouveau conseil de crise s'était tenu.

Les arrestations d'Himal et surtout d'Abdullah, présenté comme le véritable instigateur du drame, avaient largement calmé les choses au plan international tout comme l'annonce d'un plan de modernisation de la législation sociale applicable aux étrangers. La coupe du monde de soccerball aurait bien lieu au Watar en 2034, d'autant plus que Blazer, tout sucre, tout miel, conscient de l'énorme bêtise commise, n'arrêtait pas de se confondre en excuses auprès d'Abdallah ; tous les moyens étaient bons, messages personnels, téléphoniques, mails, ou SMS, lettres et déclarations publiques dans lesquelles il exprimait sa totale confiance dans les autorités du Watar quant à l'organisation de la prochaine coupe du monde.

Les choses étaient de ce côté-là en bonne voie, mais avec Judith, elles restaient au point mort.

Abdallah eut enfin une idée, une idée de la dernière chance, un vague plan commença à s'élaborer dans sa tête.

* * *

La prison de femmes de Ba'adek n'a pas d'âge.

Ses hauts murs lisses et ocres, sans aucune ouverture, plantés à une quinzaine de kilomètres au sud de la capitale, au sommet d'un vaste

246

plateau aride et vide de toute autre construction, délimitent une vaste enceinte, cour poussiéreuse et sale, accueillant deux larges bâtiments circulaires piquetés d'étroites fenêtres solidement grillagées et barreaudées.

L'intérieur des bâtiments contraste singulièrement avec l'aspect extérieur de la prison. Tout y a été refait aux normes d'une modernité made in USA, truffée de caméras, de sas, de portes sécurisées. Trois étages de coursives interminables longent les murs intérieurs des deux bâtiments, sur lesquels s'ouvrent de minuscules cellules tout en longueur dont les portes, solides grilles ajourées, laissent voir entre leurs barreaux sans aucune échappatoire possible pour les détenues, l'intérieur des cellules. Un lit solidement scellé au sol, un lavabo, des toilettes, une table, une chaise, également fixés au plancher en composent tout l'ameublement.

Dans chaque cellule est enfermée une femme.

Des rondes régulières effectuées deux par deux, par des gardiennes aux allures de garde-chiourme, mines sévères, aspect patibulaire, viennent, nuit et jour, rompre un moment l'enchaînement tristement monotone des heures. Les repas, pris à heures fixes, ponctuent l'oisiveté d'interminables journées, sans nul travail à réaliser autre que quelques corvées collectives vite expédiées, sans lecture sauf celle du coran dont chaque cellule est dotée, sans activités physiques, si ce n'est la promenade quotidienne d'une demi-heure le matin au lever du soleil, sans contact extérieur, sauf les quelques très rares visites autorisées.

Les repas sont apportés par les détenues de service. C'est là, l'une de leurs principales corvées. Le petit-déjeuner est servi à 5h30, petit-déjeuner restant un bien grand mot pour une si petite chose, café ou thé infect, on n'a jamais su vraiment déterminer si c'était l'un ou l'autre, mélange des deux, peut-être, liquide imbuvable formé à partir de substances improbables, au goût âcre et amer, accompagné d'un peu de pain, de quelques dattes ; le déjeuner intervient généralement vers 11h30, toujours du riz, parfois de la semoule, mélangé à des légumes trop cuits, quelquefois du poisson, rarement de la viande ; le soir vers 18h00, pour dîner, on apporte un bol de soupe épaisse, à la saveur étrange accompagné là encore de quelques dattes.

Judith croupissait dans sa cage depuis quarante-huit heures.

Le juge qui l'avait incarcérée lui avait dit que tout serait mis en œuvre pour qu'un jugement puisse intervenir aussi rapidement que possible, ajoutant dans un regard sadique :

« Vous n'attendrez pas plus de huit mois ! ».

Judith était accusée d'avoir hébergé puis aidé un dangereux criminel à s'enfuir. C'est bien entendu d'Himal dont il s'agissait.

L'avocat commis d'office n'avait rien dit ; juste en saluant Judith à son départ, lui avait-il concédé, en aparté, comme s'il s'agissait là d'un extraordinaire privilège octroyé, qu'il irait bientôt la visiter à la prison pour préparer sa défense.

Judith ne savait rien de plus.

Depuis qu'elle avait été arrêtée au petit matin deux jours auparavant à son domicile par la police puis déférée le jour même devant le juge qui lui avait signifié son inculpation, elle n'avait plus eu aucun contact avec le monde extérieur.

« Numéro 257, au parloir ! » hurla d'une voix peu amène la gardienne, en ouvrant la grille de la cellule de Judith.

Elle se leva d'un bond, terrorisée.

C'était elle, celle qui l'avait fouillée à corps si rudement lors de son arrivée à la prison, l'obligeant sous les yeux d'une seconde gardienne, à se dévêtir entièrement, l'humiliant par des palpations qui lui avaient arraché des cris de douleurs ne faisant qu'exciter un peu plus les deux gardiennes et conduire celle qui la palpait à redoubler de brutalité. Elle avait enfilé sous leurs yeux goguenards l'uniforme des prisonnières, espèce de sac informe qui lui avait attiré les quolibets des deux femmes autour d'un « Nous vous saluons Princesse ! » qui l'avait tétanisée sur place.

Beauclair attendait dans un des box du parloir, suant à grosses gouttes.

Judith s'assit en face de lui ; une épaisse vitre les séparait ; un micro sur pied était disposé de chaque côté de la vitre.

Beauclair était gêné, sa voix plus fluette encore qu'à l'habitude.

« Comment ça va Judith ? » commença-t-il, la regardant avec un visage sévère empreint d'une immense tristesse.

« Cela pourrait aller mieux ! » répondit-elle dans un pâle sourire.

« Je comprends, dit Beauclair sans regarder Judith, fixant un point imaginaire loin au-dessus de sa tête, Judith, je ne vais pas tourner autour du pot, je ne viens pas vous annoncer de bonnes nouvelles »

« Je m'en doute ! » soupira Judith

« Voilà, je suis là très officiellement pour vous suspendre de vos fonctions, étape préalable, si l'enquête interne réalisée aboutissait à cette conclusion, à votre licenciement. J'ai amené avec moi la lettre qui vous en informe ; elle est signée de Bronson en personne. Cette suspension prend effet à partir d'aujourd'hui ».

« Bigre, vous avez été vite en besogne, Beauclair ! »

« Ne m'en voulez pas Judith, vous savez bien que c'est la règle dans ce type d'affaires »

« De quel type d'affaires parlez-vous, je n'ai tué personne ! »

« Non, mais vous avez caché un homme qui en a tué deux autres, ce n'est pas rien ; aux yeux de la loi watarie, c'est un crime, il s'arrêta un instant puis reprit d'une voix basse et blanche, c'est un crime, Judith… Un crime puni ici de la peine de mort »

« Quand je l'ai extirpé du carnage du piquet de grève, il n'avait commis aucun crime ! » s'exclama-t-elle rageusement

« Qu'en savez-vous Judith, et la mort des trois militaires ? »

« Ce n'est pas Himal ; j'en suis sûre ; j'y étais, j'ai tout vu ; j'ai vu comment ça s'est passé ; les coups de feu qui ont abattu les militaires ne sont pas le fait des grévistes ; j'en suis … »

« Judith, Judith, mais qu'avez-vous fait, l'interrompit-il haussant la voix, je vous avais dit, Bronson vous l'avait dit, on vous l'avait tous dit de ne pas vous mêler de ça ! ». Un silence pesant s'instaura entre les deux interlocuteurs. Beauclair reprit.

« Avez-vous besoin de quelque chose Judith ? »

« Non, ici, je n'ai aucun souci à me faire ; je suis nourrie, logée, blanchie et élégamment habillée comme vous pouvez le constater ! » répliqua ironique Judith

« L'ambassade a-t-elle pris contact avec vous ? »

« Non pas encore, vous êtes le premier que je vois depuis que je suis embastillée ! »

« Cela ne m'étonne qu'à moitié, pour avoir l'autorisation de vous rencontrer, il a même fallu que Bronson téléphone à Abdallah pour obtenir une dérogation. Abdallah a fait le nécessaire auprès de l'administration pénitentiaire » Beauclair toussota, sa gêne augmentait à vue d'œil « J'ai vu Abdallah, euh …, il m'a remis une lettre pour vous Judith ». Judith ne dit rien.

« Cette affaire est terriblement gênante pour vous, pour nous, pour Léonardi, pour nos contrats au Watar, pour la France, reprit Beauclair, le chef d'accusation est gravissime ; je vous en conjure, essayez d'adopter un profil bas, émettez des regrets auprès du juge ; ne prenez pas la défense d'une cause perdue à l'avance ; dites que vous vous êtes laissée emporter par vos sentiments ; que vous êtes une femme faible, fragile ; que sais-je ? Essayez de l'apitoyer, de lui faire sentir sa puissance, son pouvoir ; ils adorent ça, par ici ; dites que vous ne connaissiez pas le rôle d'Himal dans tout cela ; et puis au point où vous en êtes, chargez-le au maximum ; dites qu'il vous a forcé à l'aider ; il ne risquera pas de vous contredire, il a été décapité ! »

« Quoi ? » lâcha Judith d'une voix brisée « Himal a été … ». Elle ne finit pas sa phrase.

« Vous ne le saviez pas ? Comme il avait tout avoué, le jugement a été des plus expéditifs, tout comme d'ailleurs le refus de grâce de l'émir. Il a été exécuté hier matin à l'aube … »

Judith fut reconduite à sa cellule.

On lui remit les deux lettres amenées par Beauclair, sa suspension de toutes fonctions chez Léonardi, et celle encore cachetée d'Abdallah.

Chapitre 8 : Bronson

Angèle roucoula agréablement.

« Je vous le passe Monsieur Beauclair, il vient juste de rentrer dans son bureau ! ». Beauclair entendit les premières mesures de la chevauchée des walkyries ; étrange musique d'attente, pensa-t-il, il faudra que j'en touche un mot, un jour ou l'autre à Bronson, à chaque fois que j'entends ça, je pense aux hélicoptères d'Apocalypse Now ; cela ne cadre guère avec l'image que Léonardi souhaite donner.

« Walter, c'est Beauclair, je vous le passe » susurra Angèle

« Oui ma petite caille, c'est toujours OK pour tout à l'heure ? »

« Oui » répondit Angèle dont les battements de cœur s'accélérèrent imperceptiblement.

Quelle triste affaire, pensa Bronson, Judith, une fille si professionnelle, si motivée ; elle avait en un tournemain réussi à rétablir la situation avec Beauclair ; et une beauté, mon dieu, un ange, que dis-je, une madone ; quel horrible gâchis !

« Allo Beauclair, alors comment se présente cette sordide affaire? »

Bronson, en écoutant les explications un peu confuses de Beauclair, repensait à sa communication deux jours auparavant avec Abdallah. Baninou avait bien changé ; on était loin d'Oxford et de leurs soirées copieusement arrosées d'étudiants riches et libérés de l'époque. Une assurance calme et sereine, un sentiment d'extraordinaire puissance, émanaient désormais du moindre de ses propos.

Le prince héritier du Watar avait expliqué tranquillement au téléphone à Bronson qu'il ferait tout son possible pour Judith, ajoutant avec une certaine suffisance :

« Tu sais mon brave Walter que Judith m'est très proche. Mais voilà, la justice de mon pays est indépendante, comme chez vous. Certes humainement je me dois de faire quelque chose pour elle et je le ferai, mais la justice doit passer ; Judith mérite d'être sanctionnée, ce qu'elle a fait est extrêmement grave. C'est la raison pour laquelle je te demande de la licencier. Je m'en suis entretenu avec l'émir mon père ; si des sanctions fortes et rapides n'étaient pas prises à son encontre par Léonardi, notre collaboration, dans de nombreux projets, pourrait gravement en souffrir … ».

Bronson avait été sidéré. Abdallah menaçait, en termes à peine voilés, de ne plus signer de contrat avec Léonardi, pire peut-être, de dénoncer ceux en cours, tout ça, pour que Judith, sa maîtresse, soit virée ... C'était à n'y rien comprendre. Et pourtant, c'était bien ça qu'il voulait ; Abdallah voulait la tête de Judith.

Bronson avait tenté de résister un peu sans grande conviction d'ailleurs, le combat étant par trop déséquilibré, il avait proposé à Abdallah une mise à pied conservatoire, en attendant la décision de justice, ajoutant :

« Si la culpabilité de Judith est reconnue et qu'elle est condamnée, elle sera licenciée ».

Beauclair avait fini.

Bronson le remercia, notant qu'une lettre d'Abdallah avait été remise à Judith, et demanda à Beauclair de l'informer sans délai de tout nouveau rebondissement.

Il raccrocha pensif et appela Angèle.

* * *

Judith était au fond du trou.

Condamnée à la réclusion criminelle à perpétuité.

Le nouvel avocat, celui choisi par ses parents dans la liste limitée des avocats wataris, les seuls habilités à plaider, avait même eu le culot de lui dire « Ouf ! On échappe à la peine de mort ! ». Comme si lui-même en avait réchappé.

L'affaire avait été rondement menée par la justice watarie, non pas en huit mois comme avait semblé l'annoncer un temps le juge qui avait fait incarcérer Judith, mais en deux mois à peine ; ni les quelques interventions de l'ambassade, ni l'audience accordée par Jaffar aux parents de Judith, « dans un souci d'humanité, comme l'avait solennellement déclaré le porte-parole du palais, et ce en dépit des lourdes charges qui pèsent sur Mademoiselle Judith Eisenberg », rien n'avait pu changer quoique ce soit.

La sentence définitive, sans appel, puisqu'il n'en était pas prévu pour ce genre d'affaires qualifiées d'atteinte aux intérêts supérieurs de l'Etat, était tombée, anéantissant Judith qui s'était effondrée sur son banc à l'énoncé du verdict.

Judith ne comprenait pas. Tout s'était enchaîné sans qu'elle ne puisse rien faire. Elle avait pourtant regretté publiquement devant le tribunal son geste, acceptant même parce que l'avocat le lui avait quasiment imposé, et surtout parce qu'Himal l'aurait voulu ainsi, si cela avait pu la sauver, de dire qu'il l'avait obligée, contrainte et forcée sous la menace à l'aider à fuir ; elle avait accepté aussi de ne pas parler de ce qu'elle avait vu lors du carnage du stade Idhad, de ces coups de feu meurtriers qui n'avaient pu être tirés par les grévistes sur les militaires ; elle avait tout accepté pour se sauver, mais cela n'avait rien changé ; la mécanique implacable lancée contre elle, l'avait broyée.

Elle avait reçue la veille en bonne et due forme sa lettre de licenciement signée par le président de Léonardi, Ferdinand de Leusse.

Prostrée dans sa cellule, allongée, abattue sur sa couche, les deux mains jointes sous la tête, Judith meurtrie regardait fixement posée sur la table contre le mur, la lettre d'Abdallah qu'elle n'avait toujours pas ouverte.

* * *

Abdallah relisait la lettre adressée à Judith dont il avait précieusement conservé le double. Une lettre demeurée sans réponse ; à tel point qu'il avait dû, pour tenter de précipiter les choses, faire accélérer la procédure ayant abouti à la condamnation de Judith.

On aurait presque même pu dire qu'il en avait fixé lui-même la sentence, indiquant au président du tribunal, lors d'une cérémonie de remise de décoration au palais de l'émir, que :

« Si la faute est grave, il n'en reste pas moins que la peine de mort affaiblirait le pays au niveau international alors qu'une peine de prison, même lourde, serait sans doute beaucoup plus acceptable ! ».

Abdallah relut une nouvelle fois la copie de la lettre qu'il avait adressée à Judith.

« Judith,

Accepte-moi comme je suis.

Accepte ma religion, accepte ma civilisation, accepte ma culture.

Dans mon pays, même si ce que je vais t'écrire te fera sans doute frémir de rage, les hommes riches et puissants « possèdent » plusieurs femmes officielles et cachées. Judith, accepte-le. Je t'aime plus que les autres, plus que toutes ces femmes, plus que toutes celles que j'ai eues, plus que toutes celles que j'aurai.

Je sais, Judith, que tu m'aimes.

Je l'ai vu dans tes yeux, je l'ai senti dans ton cœur ; ne lutte pas, ne lutte plus ; reviens à moi. Je t'offre un amour tel que tu n'en as jamais connu.

Je t'offre la liberté, je saurai te sortir de ta prison.

Je ne t'oblige pas à devenir mon épouse.

Consens seulement à redevenir mienne … ».

Aucune réponse, certes, elle ne m'a encore adressé aucune réponse, se dit pensif Abdallah, mais là, maintenant, Judith condamnée est au pied du mur. Sa reddition complète ne devrait plus trop tarder ; il suffit juste d'attendre encore un peu, sans brusquer plus les choses, il suffit juste d'être patient ; j'ai tout mon temps …

* * *

Il pleuvait sur le Watar.

Judith se recueillait devant la tombe d'Himal et de Saya.

Elle pleurait et il pleuvait sur le Watar pour la première fois depuis plus d'un an et demi, une pluie lourde et tiède qui s'évaporait sitôt à terre, dans d'étranges fumeroles blanches, au contact de la pierre triste et noire placée sur le cercueil unique où avaient été déposés, conformément à sa demande, les corps enlacés de Saya et d'Himal.

Judith resta longtemps sous la pluie lourde et tiède du Watar, frêle et droite, à pleurer doucement, debout devant la tombe.

Elle s'accroupit soudain, posa sa main sur la pierre tombale, la pierre mouillée était chaude, presque brûlante ; elle se releva lentement, regarda une dernière fois la dernière demeure de ses amis disparus puis partit.

Un garde du corps, un de ses geôliers de femme presque libre, la suivit jusqu'à la luxueuse limousine qui l'attendait à l'entrée du cimetière de Ba'adek. Il lui en ouvrit la portière, s'inclinant devant elle, la laissant s'installer sur la banquette arrière. Il referma puis monta devant aux côtés du chauffeur. La voiture noire démarra en direction du palais de l'émir et des vastes appartements privés du prince héritier Abdallah Ibn Jaffar Al Banim. Judith regardait la pluie continuer de tomber ; des gamins riaient, têtes tournées vers le ciel, bouches grandes ouvertes, comme s'ils avaient voulu essayer d'avaler toute cette eau tombée de là haut.

Judith avait honte.

Après les révélations de Blazer, après la mort d'Himal, elle s'était jurée de ne plus jamais revoir Abdallah. Mais, elle n'avait pu résister ; elle n'avait plus voulu qu'une chose, quitter l'enfer de la prison de femmes de Ba'adek. Elle avait cédé. Elle avait écrit à Abdallah au bout de cinq mois d'emprisonnement, abandonnée de tous sauf du rabbin Jules et de sa femme Rachel, ses parents, qui dépensaient sans compter en avion et en hôtel pour venir la voir deux toutes petites heures, chaque mois. Et à chacune de leur visite, elle les voyait vieillir un peu plus, surprenant une nouvelle ride, remarquant une posture plus voûtée, des gestes moins alertes.

Elle avait alors écrit un seul mot sur une grande feuille pliée en quatre puis insérée dans une enveloppe longue et blanche adressée à Abdallah, un seul tout petit mot : « Oui », un tout petit mot que le Directeur de la prison, servile, s'était empressé de transmettre au palais.

La pluie continuait de tomber, semblant même s'intensifier ; elle fouettait le pare-brise, vite chassée par les essuie-glaces ; la circulation automobile était encore plus folle qu'à l'habitude, trajectoires baroques de véhicules s'évitant parfois d'extrême justesse dans un assourdissant concert de klaxons tempêtant contre des conduites rendues plus dangereuses encore par la pluie.

Abdallah n'avait pas traîné ; il avait rapidement réglé les choses. La peine de Judith avait été commuée par le juge d'application des peines, après l'avis personnel conforme requis de l'émir, en une assignation à résidence de deux ans renouvelables et naturellement révocables ; une révocation qui si elle était prononcée aurait alors signifié pour Judith un retour immédiat, sans doute définitif en prison.

Elle s'était engagée à ne pas quitter le Watar, à respecter scrupuleusement les termes de son assignation à résidence ; on ne lui avait pas rendu son passeport et elle s'était installée dans le « quartier des femmes » comme elle l'appelait dérisoirement aujourd'hui où pareille à toutes les autres femmes, elles étaient en tout une petite dizaine, pareille à Aïda, Karima, Leila, la dernière épouse « officielle » en date d'Abdallah, pareille à Carla, Judith disposait d'une vaste, luxueuse et confortable suite où son prince venait l'honorer bien plus souvent d'ailleurs qu'il ne le faisait pour les autres, suscitant de féroces autant que légitimes jalousies.

Judith avait honte.

Elle avait honte qu'Abdallah continue à lui arracher des hurlements de plaisir à chaque fois qu'il lui faisait l'amour.

* * *

Abdallah était heureux, sans doute ; en tout cas, il était satisfait, pleinement satisfait, même.

Judith avait compris. Elle avait accepté tout, la confiscation de son passeport, l'assignation à résidence, son installation au palais, la cohabitation avec les autres femmes ; elle était désormais à son entière disposition et faisait sans rechigner tout ce qu'il lui commandait avec lui, comme avec les autres.

Elle avait juste eu cette demande bizarre d'exhumer les restes d'Himal et ceux de Saya pour les réunir, enlacés avait-elle insisté, dans un même cercueil enterré sous une pierre noire du cimetière de Ba'adek. Heureusement, Beauclair avait fait diligence, allant même jusqu'à percer la chape de béton fraîchement coulée pour y retrouver sur les indications pourtant bien approximatives qu'avait données Judith, les restes de Saya. Hormis cette bien étrange demande, Judith avait été parfaite, allant même jusqu'à accepter le communiqué de presse par lequel elle remerciait très officiellement l'émir Jaffar pour la bonté qu'il avait bien voulu témoigner à son endroit.

Et puis Judith, c'était sa préférée et de loin ; il aimait l'aimer ; il aimait ce plaisir qu'il lui donnait à chaque fois et qu'à chaque fois elle prenait.

Il pouvait passer plus de temps avec elle depuis que les tensions internationales s'étaient apaisées. Le sort réservé à Judith avait été présenté comme un régime de faveur et accepté comme tel par la France et la communauté internationale ; tout comme cette dernière avait salué la promulgation par l'émir de nouvelles lois sociales concernant les travailleurs étrangers. Avec un coût somme toute très limité, on avait réussi à maintenir le système en place, peut-être même à le renforcer. Népalais, indiens, pakistanais et tous les autres continueraient comme auparavant à servir les riches wataris.

Bref, tout allait pour le mieux.

Et, en plus, après le conseil d'administration de la fédération où un point serait fait en cours d'après-midi sur l'état d'avancement des travaux en vue de la coupe du monde plus que jamais confirmée au Watar, il avait rendez-vous avec Judith, chez elle, pour y passer la nuit.

* * *

265

En rentrant du cimetière, Judith avait croisé Carla.

Elles s'étaient saluées froidement, comme toujours. En partant, Judith avait ressenti immédiatement dans son dos se ficher le regard hostile de Carla, un regard qui l'avait glacée.

Abdallah venait ce soir vers vingt heures. Il était treize heures ; elle avait largement le temps de se préparer.

Elle ouvrit en grand les robinets en or de son immense baignoire, presque une petite piscine, on pouvait y prendre des bains à plusieurs. C'était arrivé, parfois.

La salle de bains spacieuse et claire toute en marbre de carrare respirait la magnificence et le luxe. D'un geste élégant et gracieux, elle jeta dans l'eau sur laquelle une mousse diaphane et transparente, épaisse et rose, créait d'étranges dômes en bulles de savon de toutes formes, sels de bain, huiles et autres onguents.

Elle se déshabilla, défit ses boucles d'oreille, son collier, ses bracelets, fixa ses cheveux en un élégant chignon dont deux mèches oubliées, l'une plus longue que l'autre, encadrait son visage angélique. Elle plongea un orteil dans l'eau, puis satisfaite de la température, entra, descendant trois petites marches, dans l'eau agréablement tiède du bain.

Elle en ressortit une demi-heure après, se sécha, se coiffa, se maquilla soigneusement, soulignant comme jadis dans le désert, les contours de ses yeux d'un mince trait de khôl qui rendait son regard à la fois profond, tendre et langoureux ; elle finit de s'apprêter. Elle sortit de la salle de bain, ne se rhabilla pas.

Elle alla dans la chambre, s'assit sur son immense lit et fixa à son nombril la petite perle nacrée que lui avait offerte Abdallah après leur soirée magique d'Al Khorah. Elle décida de ne mettre aucun autre bijou, juste cette petite perle qui scintillait doucement à la lumière. Elle se parfuma légèrement, choisissant le parfum préféré d'Abdallah, agitant en petits cercles concentriques le vaporisateur autour de son visage, puis descendant lentement tout au long de son corps, le long de ses jambes.

Elle prit dans le tiroir de la table de nuit, le petit poignard de sultane dont elle admirait tant les pierreries étincelantes et multicolores, celui que lui avait donné Abdallah au vieux souk lui disant, cela l'avait tant émue, si troublée ce jour-là, que son regard lui transperçait le cœur aussi sûrement que ne l'aurait fait la pointe acérée de sa lame recourbée.

Avant de sortir de la chambre, elle prit le temps de se regarder dans la psyché, se détaillant sous toutes les coutures, examinant sa silhouette, s'inspectant de face, de dos, de trois quart, sous tous les profils, prenant la pose pour faire ressortir le galbe exquis de ses jambes, regardant scintiller la petite perle nacrée dans son nombril, admirant les trois toutes petites roses fraîches et fragiles ourlant délicatement la base de son sein droit, l'intérieur de sa cheville gauche et la cambrure de ses reins. Une fois qu'elle eut fini son inspection, satisfaite, elle sortit de la chambre et en referma sans bruit la porte.

Elle ressentit l'agréable chaleur de l'épais tapis pourpre se répandre dans tout son corps de la plante de ses pieds nus jusqu'à la racine de ses cheveux et vint s'allonger sur l'ottomane du salon qui faisait face à la porte d'entrée de la suite.

* * *

Abdallah avait hâte de rejoindre Judith.

Le meilleur moment c'est dans l'escalier, avait dit un ancien président de la république française ; il avait dit cela ou quelque chose d'approchant. Quelle grave erreur, pensa Abdallah, le meilleur moment, c'est pendant !

Il poussa doucement la porte de la suite de Judith. Il entra et resta bouche bée d'admiration, en extase.

Judith était endormie, nue, voluptueusement alanguie sur l'ottomane du salon. C'était là, vision merveilleuse ; un ange pur et radieux dormait au paradis. Elle reposait sur le côté, regardant aurait-on dit de ses yeux mi-clos, Abdallah. La tête confortablement calée sous sa main droite, sur un joli et épais cousin de soie, les anneaux de sa longue et abondante chevelure noire ne laissaient apparaître du haut de ses épaules et de sa poitrine que le globe parfait de son sein droit, couronné d'une délicate aréole toute brune qui faisait agréablement ressortir la blancheur presque laiteuse de sa peau, abritée pendant de si longs mois des ardeurs du soleil. Ses longues jambes, l'une délicatement posée sur l'autre, légèrement repliées, soulignaient quand on les parcourait de la pointe des pieds jusqu'en haut des cuisses, l'admirable proportion de ses hanches, la finesse charmante de sa taille. Au milieu de son ventre, brillait de mille feux la petite perle nacrée enchâssée à son nombril. Il quitta des yeux comme à regret la perle et le nombril pour fixer son attention, merveille chassant une autre merveille, sur la petite rose tatouée au henné à la base de son sein droit.

Un violent désir s'empara de lui. Il avança doucement, à pas de loup, ne voulant pas risquer de la réveiller tout de suite pour profiter un moment encore du ravissant spectacle qu'elle lui offrait.

Le bras gauche de la belle endormie tendrement posé comme si elle s'enlaçait elle-même, entre sa poitrine et son nombril, pendait nonchalamment vers le sol, prolongé d'une main fine et fragile aux ongles longs, ronds et lisses d'une éclatante blancheur ; ses doigts, le frôlant, touchaient presque le sol, tant l'ottomane était basse.

Abdallah s'arrêta comme pétrifié.

Le joli petit poignard de sultane reposait à terre dans une mare de sang presque coagulé juste sous la main de Judith, recouvrant, s'y confondant, d'une immense tâche écarlate, la pourpre sombre du tapis.

Abdallah hurla « Judith ! » en se précipitant vers elle.

* * *

Le corps de Judith fut rapatrié en France aux frais de ses parents.

Elle fut enterrée au cimetière d'Alfortbourg, le jour de son anniversaire, le sept novembre 2031, elle aurait eu trente ans.

Walter Bronson ne vint pas à l'inhumation.

Abdallah fit porter une gerbe par l'ambassade du Watar. Le rabbin Jules Eisenberg, dès qu'il la vit au pied du caveau où allait être ensevelie sa fille unique, s'en saisit et dans un accès de rage folle la précipita dans les eaux sales et noires de la Marne qui longeaient glauques et nauséabondes le cimetière.

Ce fut le seul incident remarquable d'une cérémonie qui avait été jusque-là en tout point sobre et digne.

Epilogue

Carla

« Voilà donc le monde ! »
- Lucien de Rubempré
(Illusions Perdues – Balzac)

Il était vingt-deux heures trente en ce seize juillet 2034, quand Abdallah remit la coupe du monde de soccerball au capitaine de l'équipe du Watar vainqueur deux à zéro de la finale contre les Etats-Unis.

Christi, fraîchement naturalisé watari, souleva d'un geste rageur la coupe, l'offrant en direct et en mondovision aux trois milliards de fidèles qui avaient suivi la finale pour qu'ils puissent communier avec lui. Une immense clameur s'éleva du stade, s'éleva du Watar, s'éleva de la planète entière. Le dieu du stade, l'idole internationale du soccerball, adulé et chéri de tous, soulevait enfin le plus prestigieux de tous les trophées.

Carla Brunshwyck exultait.

La présence en tribune présidentielle à la finale de la toute nouvelle épouse d'Abdallah avait été soulignée par tous les médias internationaux comme un nouveau signe d'ouverture au monde du régime watari.

Les médias avaient salué quelques mois auparavant pour des raisons, somme toute, identiques la déclaration d'Abdallah juste avant qu'il n'épousât Carla. Un Abdallah, qui après avoir répudié toutes ses autres épouses et compagnes leur laissant de quoi s'assurer un train de vie plus que confortable, avait médusé la presse dans un entretien exclusif qu'il avait accordé à deux journalistes d'Al Zalama avec celle qui n'était alors que sa fiancée, en affirmant « Carla est tout pour moi, c'est pour cela que je l'épouse, ajoutant comme pénétré par le message qu'il semblait souhaiter délivrer au monde entier en signe peut-être de rédemption, un homme n'a besoin que d'une seule femme! ».

Carla exultait.

Rayonnante, elle se pencha vers Abdallah, déployant son abondante et chatoyante toison blonde, elle lui glissa à l'oreille en se soulevant sur la pointe des pieds, prenant appui de sa main gauche sur son épaule, dans un chuchotement à peine audible « Mon chéri, c'est magnifique, je t'aime ! ».

Abdallah regarda Christi emporter la coupe pour entamer un tour du stade avec l'ensemble de ses coéquipiers ; il eut une pensée pour son père Jaffar, l'émir trop tôt disparu, à qui il dédia, à part lui, cette éblouissante victoire.

Le nouvel émir du Watar, Abdallah Ibn Jaffar Al Banim, louangé pour le train de réformes libérales et démocratiques qu'il avait su engager dès son accession au pouvoir, savourait son bonheur. Il sourit une dernière fois à la foule puis, prenant Carla par la main, il quitta le stade pour regagner son palais de Ba'adek où une réception pharaonique et grandiose devait clore, aux yeux du monde, à la nuit tombante, les festivités de la troisième coupe du monde de soccerball, dont les commentateurs et la presse unanimes devaient souligner dès le lendemain matin dans un bel ensemble qu'elle avait été sans conteste possible, la plus réussie, la plus étincelante, la plus éblouissante de toutes les coupes du monde qu'un pays n'ait jamais su organiser.

* * *

Rachel seul devant l'écran plat de sa télévision, s'empara de la télécommande et mit un terme à la retransmission au moment même où Christi commença avec son équipe à présenter aux spectateurs wataris des différentes tribunes, ivres de bonheur, le trophée scintillant sous les projecteurs de la coupe du monde.

Si le rabbin Jules n'était mort dix-huit mois auparavant, peut-être aurait-il alors remarqué puis tenté de sécher d'un geste de la main, les larmes lourdes qui baignaient le visage endolori de sa tendre épouse...

Liste des chapitres

Prologue : Jaffar

Première Partie

Seconde Partie

Epilogue : Carla

Dépôt légal : 3è trimestre 2017

www.ingramcontent.com/pod-product-compliance
Lightning Source LLC
Chambersburg PA
CBHW031115030726
47496CB00002BA/552